窗簾後的眼睛

葉桑——著

各界好評推薦

葉桑的《窗簾後的眼睛》中，幾個殺人的故事，在他的精心佈局之下，以偷窺的情慾心理作為貫串的核心，將之巧妙的串連起來。一路閱讀，頗有香豔刺激之感，顯然在他的創作歷程上有了或刻意、或無心的轉變。

首先葉桑開始大量利用新詩古詞來表現華美與抒情的調子，除了凸顯他在使用文字上的偏好與才華之外，更展現其炫麗的本質。其次是激情描寫的突破，葉桑運用心理學來深入文學的核心，也就是探索人性的幽微。可謂感性與科學的理性，完美的融合在他的筆下。

我個人感覺《窗簾後的眼睛》一書，葉桑似乎找到他最適合表現自我的方式。不僅僅符合葉桑謹慎保守、壓抑的性格，卻又深懂人情世故的考量。而他利用推理小說的形式，把場景拉到國外，避免過度地暴露自己，但是又能夠反映自己創作的企圖心。除此之外，偶爾在文中表現出他的生命與生活觀，是我認為最為精彩的地方，傷感又積極地進取。

小說的主場景雖說是國外，可是葉桑讓主角與相關重要人物秉持著台灣人的身份與立場，自然的表現出台灣人的意識。可能是因為考慮閱讀的流暢性，語言的使用上，讓外國人在講話與描述上會有種違和感，然而瑕不掩瑜。

我相信讀者在葉桑創作的脈絡下，必定能夠領略到創新風格的喜悅，更對其未來的作品有期待。並會與我一同盼望他能一再突破、更加地飛躍，為其作為推理小說家，開拓他自己、開拓台灣，甚至更廣大的推理小說的世界。

——錢鴻鈞，文學作家，《錢鴻鈞激情書》、《天堂與地獄：武陵高中成長記》、《大河悠悠：漫談鍾肇政大河小說》作者，真理大學台灣文學系主任。

「鄉愁是美學」，王鼎鈞如此說過。

作者藉由異地鄉愁的諸般苦緒，牽起往昔回憶與今日處境的鏈結，或對比或呼應，進而交織出主角與核心人物的種種神貌。並以層層推進的案情偵辦，增色這些要角的形象，同時，因此而越發鮮明的人們也反饋情節，令人與事在抽絲剝繭間相輔相成。加上視角的錯綜更迭，若有似無地畫龍點睛，使讀者在一切逐漸明朗時，隨之喟然。其塑造與布局高明之處，自不待言。

一部以情慾所伏下殺機的推理小說，難免在慾念橫流的鋪排中伴隨著腥羶色，尤其本作更以扭曲的性癖為主要事件起點。然而，豐富而多樣的筆觸，卻恰巧調和了這些顏色，不至令篇幅有粗製濫造之感；文中常見古典或現代、文學或歌詞，乃至於各類科學的解說徵引，正以不唐突的方式收斂這些刺激，並且轉化成對人物性格與環境氣氛的進一步摹寫，應是學養力透作品的功力所在。當然，這些語言也就引領讀者在未知的領域中摸索前進，分散了預言結局的精力，於是在尾聲時，仍能讀來興致盎然。巧妙之處，不可謂不精緻。

無可諱言地，雖為推理小說，然讀者若能以小窺大，亦可理解人生過程中的某一些難題。

——唐人屏，武學家、國立臺灣體育運動大學體育學系教授

我與葉桑老師結緣，是在二〇一八年的年中，他的第一本長篇小說《夜色滾滾而來》出版後沒多久。那次的見面，帶來了雙方友情的延續。我記得葉桑老師第一次看到現實中運作的徵信社，像孩子般好奇，問東問西。而我個人則驚嘆，葉桑老師對於推理小說的熱愛以及執著。

我想那一次的見面驅使他，繼續寫出第二本長篇小說《窗簾後的眼睛》。因為書中主人翁就然是我的「同行」——在國外是偵探社，在台灣則叫徵信社。

我一路讀來，相當有趣，尤其是書中偵探的豔遇，讓我羨慕不已。另外，葉桑老師總是不忘帶入了他的藥學專業，不但充實了劇中的環節，還讓讀者見長了知識。

至於，書中的「詩家偵探黃敏家」，是如何在浪漫美麗的舊金山辦案緝凶，為台灣爭光呢？那就請大家自己親身經歷葉桑老師筆下的推理世界吧！

——田木子，推理迷，立達徵信社探員

「作者筆撲朔，讀者心迷離」是給我第一次的讀後感。經過多次閱讀之後，我體會出葉桑的寫作絕招。

一、起手不凡，引人入勝：一般故事開頭可能是有相關或無相關的人物之間的一段情事，再慢慢繞到主軸上。但葉桑一出手就先死個人，藉由謎題把貫串全書的女主角帶進場讓讀者們認識。這是第一道開胃菜，也是給讀者第一個考驗和驚喜。

二、主軸飄渺，錯綜複雜：除了第一章的引言之外，其餘各章都對主軸有或多或少的描述交代。但是眼見真相正要呼之欲出，卻又峰迴路轉。殊不知山窮水盡疑無路，卻又柳暗花明又一村。閱讀的過程，不斷地被作者耍弄。

三、人性刻畫，生動鮮明：原本是嘉義市民雄鄉下出身的黃敏家，到了美國舊金山竟可以為了案情需要而與不同女子激情，但是某些時候卻又會孤寂落寞，然後自怨自艾，獨自對窗望月吟詩消愁。也不知該給他掌聲，還是替他落淚。

作為推薦人，最後終是要一推再推。本書值得按大心、按讚來推薦讀者用心看，因為人物描寫及文句的優美，情節鋪陳和懸疑的氣氛，都會讓人一讀入癮，非讀完不可。不管是推理新手或老手，都可以從中獲得與作者鬥智的暢快淋漓。就算你不喜歡跟作者比智力，純粹跟隨文字也可以感受到葉桑的浪漫與魔魅。

——楊汪汪，詩人、南港高工老師

螞蟻殺人？為何是十隻，而不是五隻或七隻？難道這螞蟻是突變種，體內有劇毒？是透過精心設計的鴻門宴殺人事件？這種種的疑問與情節，是我一瞬間看到首章標題後所設想的理所當然地劇情走向。豈知當閱讀下去後，出乎意外地情節完全不是我推測的，而是作者以其對外語能力豐富的理解力，所編織出無法以一般人的想法建構的故事走向，實在讓人佩服。至於優美的文字和突如其來的逆轉和轉折，讓我完全臣服於作者所架構的章節和劇情而無法自拔。

然而在此，我想稍稍挑戰一下作者的是，有關本書的一開始的命案。即然故事中聰明的死者，可以用英法兩國文字巧妙的去頭去尾，隱喻暗示她將來可能碰到的遭遇，為何她沒想到以如此聰穎的智慧，想辦法躲過死劫呢？本書的結尾又是另一個可能高潮的開始。在此，我不可破梗，剝奪讀者閱讀的樂趣。

作者是我藥界多年舊識，他除了醫藥領域的專業外，上至天文下至地理無所不通，巧妙的文筆加上各式各樣豐富的人生經驗，所編織出的懸疑推理小說，想必是眾多人閒暇之餘所不可欠缺的精神食糧。

——吳信廷，推理迷、星爸、藥師

我喜歡葉桑先生的推理小說。

特別是短篇的懸疑小說、犯罪小說。因為我覺得華文短篇懸疑小說，寫得最勤、點子最多、文筆最洗鍊的，就是他。

一九八八年我閱讀他的第一篇推理小說〈再一次死亡〉，這是第一屆林佛兒推理小說獎的佳作。從此葉桑幾乎就是台灣本土短篇推理小說的代名詞。我也很習慣的成為他的忠實讀者。一九九〇年我在台中的金石堂書店，不期然的，發現他所出版的第一本推理小說集《黑色體香》。時至今日，我還是不會忘記那種從口袋中掏錢立刻買下，回到宿舍閱讀完結的喜悅。

他的小說集，我都有。這種有，是一種「習慣」，屬於本土推理小說閱讀的習慣。有一段時間，幾乎就是在「他」自己的部落格上發表，不過，最近，他又出版了三本紙本推理小說（包含這本《窗簾後的眼睛》）。

二〇一八年，算了算，葉桑先生寫了三十年的推理懸疑小說。這次出手，篇幅加長了，下筆益加純熟，處處可見功力，節奏更加明快。如同他的處女作〈再一次死亡〉，這次的作品有著葉桑藥廠出身背景的專業知識線索埋伏。

精彩好看。

——藍霄，醫師推理作家、推理小說讀者

目次

第一章　兇手是十隻螞蟻

必須學會遺忘的季節，霜涼的唇慢慢吻在火熱的心。
經過翡翠的春，經過瑪瑙的夏，經過珍珠似的秋；
對人生也不在乎什麼雄心大志了。
包捲起滿心的浮躁，收斂起閃耀不定的波光；
只為……能夠再拾回那些曾經失落在靜巷的足音。
枝頭的夕陽殘暉，湖畔的幽幽衰草，
也有一份說不出口的深情深意。
一種雋永的給予，一種刻骨銘心的感受，
也是一種細水長流的淡然之愛。

舊金山市立精神病院心理分析科的李丹醫師說：有些人想要遺忘，有些人想要尋回失落的自己。

我的名字叫黃敏家，今年三十八歲，十年前，從台灣來到美國，念了兩年遺傳工程，得了個碩士學位。正想再攻讀博士學位時，卻鬼迷心竅地和一位洋婆子結了婚。不到一年，又離了婚，於是我的人生就像下了高速公路的車，駛向不知名的山區。

離婚半年後，將近三個多月沒有工作的我，不由得心浮氣躁起來。曾經在高科技公司擔任要職的我曾經風風光光過，但近來分工愈來愈細，各樣人才輩出，我這種不上不下的程度已經愈來愈不容易找到好工作了。

尤其是今年的冬天，又濕又冷，我的心情簡直是跌落到谷底的谷底。當我流浪到舊金山，過著難民的生活時，有個熱心的朋友介紹我去費雪偵探社，當個檔案管理員。臨時性的，因為原來的管理員威靈頓太太請產假。

上班的第三天，風雨交加，似乎不是一個好現象。

我正在辦公室整理檔案。有個年輕的亞裔女士，敲門而入。顯然是個委託人，只見她的容貌和打扮讓我聯想到飄零的落花。我猜她應該還不到三十，可是整體看起來就像個年近四十的女人。並非她的身材變型或是皮膚老化，或是有了歲月的痕跡，仔細觀察，其實她依然擁有少女般纖細的腰身，膚色略顯蒼白，但肌理緻密。至於皺紋，必須仔細看，才可發現埋伏在額頭和眼角的一兩絲。只因為神情悽楚，以及被雨水濺濕成幾乎將近黑色類似風衣般的深藍色衣裙，所以我才會有以上的錯覺。她略微整理一下，當輕輕撥動頭髮，我注意到她手腕上的那只玉鐲子。這個發現，我立刻猜想她是大陸那邊的華人。

我警覺到自己的身分，立刻把非非之想收斂起來。笑臉迎她進入室內，先翻出訪客預約紀錄，在電腦上對照並確認她的身分之後，然後點了一下「告知」，再用警示機「提醒」費雪先生。

費雪先生在電腦畫面，指示我帶領她直接進入他的辦公室，並且要我準備咖啡，把暖氣加大。費雪先生特別交代要我參與討論，同時在旁邊記錄。我猜想或許因為委託人的英文可能不是很好，需要我的協助。另一個想法是費雪先生要我盡早進入狀況，所安排的臨場實習或在職訓練。

當我進入費雪先生的辦公室，已經錯過他們部分的談話。但是，從費雪先生和她輕鬆親暱的對談，顯然他們今天不是第一次見面，甚至彼此可能具有相當程度的熟悉。

我被簡單地介紹後，費雪先生直接發問：「葛小姐，妳需要什麼樣的協助？」

「是的！費雪先生。」她喝了口咖啡之後，眉頭微微一皺，說：「三天前，唐人街發生了一宗命案。」

「哦……我聽說了，死者是個教法文的華人女教師。」

「她是我的表妹。而且我知道兇手是誰，可是警方卻認為他無罪。」她的眼眸閃爍著不滿和怨懟的火光，又說：「希望你能幫助我。」

「幫助妳？」費雪先生近乎呻吟地反問，然後冷靜地說：「妳說妳知道兇手是誰？這到底是怎麼一回事？」

於是，葛小姐細說從頭：「彩霓是我表妹的名字，從小到大，我們的感情就很好。大學畢業之後，她就到法國學藝術。因為家境富裕，所以她一直過著優哉游哉的生活。兩年前來美國旅遊，因為喜歡上舊金山，就定居下來。她在唐人街附近買了一個小公寓。本來是計畫自住，但環境過於複雜。後來另外又買了一間，原來那一間就租給一個法國人。她在語文學校教中文，還有法文翻譯，因此認識了石義。同樣來自大陸的石義，年輕英俊，又有才華和理想，只是窮了點。他到語文學校學基礎法文，主要是加強語文能力，他在旅行社工作，希望能成為一名多項全能的導遊。兩人志趣相投，又是黑頭髮、黃皮膚，很快地發生了戀情。」

我一面記錄，一面觀察葛小姐的表情和語氣。她一開始就從她和死者的關係切入，我猜想她一定認為殺死她表妹的兇手一定是那個名叫石義的男人。

「這一年來，我個人家庭因素，和彩霓疏遠許多。不過，因為同樣住在舊金山，還是保持聯絡，所以也知道一些關於他們之間的事。誠如尋常的戀人，有濃情蜜意的高潮，也有吵吵鬧鬧的低潮，所以我也不覺得有什麼不對。直到差不多一個星期前的週末……」

「我個人家庭因素」？我特別注意到這一句話。費雪先生心平氣和地聆聽，葛小姐的英文非常流利，根本不需要我的幫忙。

「彩霓約我去逛街，因為她想買鞋。後來我們到一家咖啡店歇腳，聊天聊到一半時，彩霓忽然笑出聲來，然後笑著說：『如果有人要殺我，一定是……』我看她指著對街的廣告看板。上面畫著三隻螞蟻，依身型大小而列隊前進。那是家店名『藍螞蟻』的少女服飾店。就在我迷惑不解的時候，她又說，而且不只三隻，總共有十隻螞蟻喔！」

我不知道費雪先生心裡怎麼想，但兇手是十隻螞蟻，難怪葛小姐會聯想到石義。石義，十蟻，十隻螞蟻。雖然牽強，但不無可能。這念頭在我腦袋像走馬燈般轉來轉去。

費雪先生忽然轉頭看我一眼，我立刻回神，然後把我的想法寫在平板，再傳過去。我發現費雪先生看了看他的智慧型手錶之後，微微一笑。

「當時，我並沒有注意到閃過她眼中的警戒和恐懼，也沒有想到類似開玩笑的話語竟然會變成事實。就在警方展開調查，我即刻出面指控，石義這個人具有濃重的嫌疑。然而，這幾天下來，我發現石義並沒有被逮捕。所以，我特地來拜託你，破解那個愛情騙子所布置的不在場證明。」

「怎麼說呢？」

「彩霓被殺的那一天，他在雙峰區協辦旅遊說明會。」

十分完美的不在場證明，我猜費雪先生心裡一定這麼想。

但是，費雪先生為了不讓身為委託人的葛小姐覺得自己的說法太武斷或太草率或太敷衍，就婉轉地表明：「我有個當警官的朋友，或許可以向他打聽打聽，那時候再說也不晚。」

葛小姐聽費雪先生這麼說，露出釋懷的表情，說：「我並非迷信之人，可是自從彩霓死後，夜夜託夢給我，同時不斷重複關於十隻螞蟻的信息。說真的！我不知如何是好，私底下，我並不希望石義是殺死彩霓的兇手，畢竟他們是對戀人，而且計畫即將結婚。」

「如果石義不是兇手，我也會盡可能幫助警方破案。」

「那麼……我就告辭了。」

費雪先生示意要我負責送葛小姐到大門口，我看著她進入電梯。電梯的門闔上，指示燈的阿拉伯數字開始減少。

進入辦公室之前，我先去公用洗手間，從設計新穎的玻璃窗望出去。曾幾何時，風雨已經停了，還露出淡薄的日光。葛小姐站在路口，一輛豪華的黑色轎車緩緩停在她身邊。一個司機打扮的白人下車，繞過車頭，打開車門讓葛小姐上車。我特意注意一下那個白人，面容無法看清楚。高高瘦瘦的體型，應該年紀不大。但是，從他替葛玲開車門的舉止態度判斷，應該是個訓練有素的私人司機。

才一下子，她搭乘的車子已經消失不見，留下閃閃發亮的路面。躲在輕霧中的金門大橋探出頭來，挾著半道彩虹強行映入我的眼膜。

我失神了一下下，再回到偵探社，費雪先生站在我的辦公桌旁邊。

「敏家，你的看法呢？」

我說出我的看法，費雪先生微笑不語。

「您知道兇手是誰嗎？」我反問。

「太簡單了！」費雪先生自信滿滿。

「簡單？難道不是石義嗎？」

「不是石義，用點腦筋就可以。」費雪先聲敲了敲我的辦公桌，說：「你要不要也試試看？」

我是一個喜歡接受挑戰的人，何況費雪先生能夠在葛小姐有限的資料中，就猜出誰是兇手，應該不會太困難。

費雪先生看我接受挑戰，便說：「這可不是猜謎遊戲，這是發生在現實生活的殺人案件，所以你必須要有合理的說明。知道嗎？」

「我知道。」費雪先生看看智慧型手錶，說：「這裡已經沒事，你可以下班了。」

我回到住處，脫掉外衣，隨便吃了巧克力片和堅果，再灌了半盒的鮮奶。接下來的兩三小時，我試著和阿方聯絡，但一律已讀不回。阿方就是介紹我去費雪偵探社工作的朋友，他很小就跟著父母來美國，中文已經忘得差不多。阿方是個低階警察，我不知道他為何會和費雪先生認識。纏上我是因為他想學中文，所以我三不五時會相約去喝酒撩妹。

閒著無聊，我只好打開平板來消磨時間。點來點去，最後落在一個專門玩猜謎的中文遊戲網站。很多謎題都很有創意，我猜得興致勃勃，不斷進階，一時也忘了吃晚餐。這個時候，手機忽然響了起來。

「喂，敏家。找我有事嗎？」

「你看到我的留言？阿方。」我把葛小姐的意思轉述一遍，然後問道：「你們確定石義真的無罪嗎？」

「百分之一百的無罪，除非他用什麼特殊的手法殺人。但是，依據現場的鑑定，顯然是死者和人起了爭執，拉拉扯扯之間，頭部撞牆而死。只因為死者的人際關係呼之欲出，目前正在過濾……」

「Wife！」我一面說話，可是眼光還是盯著平板，自然而然脫口而出。

「你在說什麼？」

「對不起，我正在看一個猜謎遊戲，題目是『假如在我們之間，猜某英文字』，而謎底就是Wife。」

尚未聽到阿方的抱怨，一條鬼影子似的靈感閃過我的眼前。於是我趕緊問道：「兇嫌名單中有沒有死者的房客？據我所知，那個房客是個法國人。」

「奇怪？你怎麼知道，難道那個葛小姐有告訴你什麼嗎？」

我信心十足，大聲地說：「我認為兇手就是死者的房客，可能是為了房租或相關的問題而起爭執。」

「沒錯，那個人正在接受偵訊，如果你能提供更多的線索……什麼？他已經招了，已經承認了。」顯然阿方的同事聽到我們說話，插嘴提醒他。

「那就沒我的事了。」我掩不住心裡的得意，真正地破解了一題燈謎。

「不行，你必須告訴我，為什麼你會比警方更早知道兇手是誰？」

「因為和十隻螞蟻有關。」

「因為和十隻螞蟻有關？」

「不錯。」

「那麼，請別吊胃口嘛！」

「這樣吧！我出個類似的謎題讓你猜，很簡單，或許也可以觸發你自己的推理能力。」

在阿方心不甘情不願的答應聲中，我說：「貓在一根木頭上，請猜某個英文字！」

「目錄，Catalog。」

「那麼十隻螞蟻的英文怎麼說？」

「Ten ants。」

「對呀！只要把它們連起來，然後去掉字尾的s。」我接著說：「死者精通法文，房客恰好又是法國人，可能曾經受到威脅恐嚇，所以在不經意中向她的表姐透露出死亡的訊息。關於收回不動產訴訟的被告，法文叫做Tenant，另外的意思是房客，也許她不以為意，只是看到畫著螞蟻的廣告看板才有感而發，但又不願意太直接，就用迂迴的口氣說出來。Tenant，照字面來解釋，不就是十隻螞蟻嗎？」

因為這樣的推理，讓我受到費雪先生的賞識。當威靈頓太太銷假回來上班，我被留任成為正式員工。在費雪先生的訓練和實際的工作中，我陸陸續續發現了自己具有當偵探潛在的能力。更重要的是，我非常喜歡這種既要具備推理頭腦，又需要冒險和行動的工作。我的「偵探心」隨著舊金山的朝陽冉冉升起，我的「推理魂」和金門大橋的晚霞一起熊熊燃燒。

於是，我那被命運操控的車子又駛上了人生的另一條高速公路。

第二章　獵豔高手

我有一面鏡子，裡面有一個我；
天天對影對話，偶而對飲對歌。
不過大部分時間是……孤單的他，寂寞的我。
今晚，我走入鏡內，他走出鏡外。
從此，他遠走高飛，我鎖住了自己。

舊金山市立精神病院心理分析科的李丹醫師說：面對自己是一種自我解剖。顧影自憐，同情自己的無能為力。對影對話，究竟是自說自話？是心靈的對白？或是撿拾破碎的記憶？或是幻知幻覺所致？必須詳加分析治療。對飲對歌是面對自我的良方，也可能導致天馬行空到幾乎人格分裂，最後昏頭轉向，搞不清楚人生的方向，也搞不清楚自己是誰。

我的老闆費雪先生，外表慈眉善目，看起來是個心腸柔軟的好好先生。他曾經是個教犯罪學的名教授，不但擅長分析犯罪的手法，對於犯罪動機更有獨到的見解。當我還一直懷疑自己是否能夠勝任偵探社的內勤工作，感謝他發掘了我的潛能，並且給了我機會。

半個月前的一個哀愁的春夜，我孤單地走在凡妮街。我記得很清楚，那一天我剛辦好一件費雪先生交給我的案子，一件讓我身心交瘁的家庭悲劇。請參考《午後的克布藍士街》中的〈凹陷的露珠〉。

當我離開充滿悲劇氛圍的犯罪現場，迫切需要讓因辦案而緊繃的神經放鬆。也必須讓自己因融入當事人的情境，悲憫的心情恢復正常，我想讓酒精麻醉自己。霓虹燈海中，抬頭一看，傷心碧酒店就像一只書籤，悄悄地夾在舊金山的夜空之中。

其實，傷心碧酒店的原名叫「Sad Green」——悲傷的綠色，看起來和一般提供給單身男女交際認識的Pub並無兩樣。只因為當時的我，忽然在紅燈綠酒之際，想起了李白的〈菩薩蠻〉：

> 平林漠漠煙如織，寒山一帶傷心碧。
> 暝色入高樓，有人樓上愁。
> 玉階空佇立，宿鳥歸飛急，
> 何處是歸程？長亭更短亭。

於是，我當下將「Sad Green」翻譯為「傷心碧」。這一家酒店順理成章就被我取名傷心碧酒店，也就不知不覺成為我心靈角落的一小塊綠色的、療癒傷心的地方。

當我走進傷心碧酒店，一眼就看見她。並非她的美麗或打扮有引人注目之處，而是她的黃皮膚和黑眼睛，以及掛在手腕之際的那只玉鐲子，使我確認她就是兩個多月前，來費雪偵探社的葛小姐。我記得她登記的名字是……，糟糕，我想不起來。

眼前的她，不再是飄零的落花，而是美豔誘人的夜玫瑰。不到三十的她，呈現出適齡的成熟和魅力。印象中的神情悽楚，以及被雨水濺濕成幾乎將近黑色類似風衣般的深藍色衣裙，如今被一件桃紅色的短裙、風情萬種的笑容和不斷扭動的嬌軀所取代。

她坐在吧檯邊，顯然沒有同伴。當我正想走過去，一陣渾厚的女聲，慵懶而性感的口白暫時阻止了我的行動。

「舊金山——這個永遠令人感到快樂和悲傷的城市，時而露出希望的微笑，時而露出絕望的愁容，你永遠都猜不透她那顆包裹在神祕之霧中的心。」

「接下來，我要為大家獻唱一首歌。」

酒店的角落有個小舞台，迷迷濛濛的燈光中，有一條碩大的人影。原來是個黑人女歌手。我靠在包著人造皮、鑲滿小燈泡的牆壁，聆聽她低沉的歌聲。

舊金山的女人，是怎樣的女人？
她們的心靈，她們的美色，甚至她們的情欲，
在交錯的時空，會有怎樣撲朔迷離的變化？
舊金山的女人，是怎樣的女人？
她們的快樂，她們的悲傷，甚至她們的寂寞，

在交錯的時空，會有怎樣撲倏迷離的變化？
這個男人和她們之間的故事……
是無心的邂逅，還是有意的相遇？
是命運的指派，還是統計圖上的一個亂數？
舊金山的女人，是怎樣的女人？
宛如藤蔓的糾葛，在潮濕的夜森林深處，
放肆地綻放出妖豔的花朵……

餘音嫋嫋，我走過去，坐在葛小姐的身邊。她看起來有些醉，我過去搭訕。她當然不記得我，我也懶得解釋，反正今夜就從零開始。

令我感到啼笑皆非，她起初有點拒人於千里之外，後來卻無法讓自己離開我的身體。我扶著半醉半清醒的她離開吧檯，找了個安靜的位子。

她似乎警覺自己的失態，還有我色欲的眼神，趕緊說她要去洗手間補個妝，否則看起來像個墮落的遊民。

我在想，她會不會是藉口溜走？事實證明我的多慮，她很快就回座，而且顯得比較能自我控制。我的直覺告訴我，她去化妝室，顯然是去打手機給某個人。不關我的事，我也不會過問。

「我叫葛玲！你呢？」

「黃敏家。」

「你的體格不錯，看起來也滿順眼，但願不是美其名是護花使者的牛郎、舞男什麼什麼的！我不想花那種冤枉錢。」

「我是免費的，而且保證比那些傢伙還管用。」

「這……我倒不急著證明，反正今夜還長得很。」葛玲睥睨著我說：「我討厭和陌生人說話，所以告訴我你的姓名、年齡，為什麼來美國？結婚了沒有？雖然你沒有戴結婚戒指，可是來這裡的男人似乎都想隱瞞。」

「我沒有什麼可以隱瞞。」

「誰知道！」

我笑一笑，心裡想我又不是呆瓜。這種場合、這種邂逅，於是臨時編了一個有點梗的笑話和一聽就是虛假的身分，說：「敝人按照洋人的年齡算法是三十八歲，否則應該是三十九歲。因為三十九的九和『狗』的閩南語發音類似，不是很好，所以三十九歲必須說成四十歲。否則，運氣會不好。」

「你在騙我吧！你看起來好像三十出頭。哈！」她笑著學我的口音，說：「我的年齡一定比你猜想的大一點，千萬不要學那些老中見面就問老人的年齡。還有，以後不要見了面就說自己幾歲，這不是個好話題。」

「妳真調皮。從我的口音這一點線索，或許妳已經知道我是從台灣來的，不錯，我在台灣念完大學，服完兵役之後，到華府念書，拿了個鬼碩士。不知怎麼搞的，迷迷糊糊地忽然和一個洋婆子結婚，然後就開始走倒楣運。」我不知道我的哪根筋不對勁，或許太久沒有說中文，或許太久沒有遇到一樣是同種同文化的人，或許是我太久沒有找人傾吐心中的那堆情緒，不但滔滔不絕，而且真心真意地說著：「失業、離婚……慘遭一連串打擊。我聽從朋友的建議來舊金山，可是並沒有特別受到命運之神的眷顧。在偶然的機會下，我走上了『私家偵查員』一途。」

我說到最後一句，刻意避開「私家偵探」那個比較敏感的名詞，下意識不想勾起葛玲的記憶。或許是我多慮，不論是男女老幼，在他們眼中，我總是被視為一條模糊的影子。不提也罷，還是那句話，反正今夜就從零開始。

葛玲顯然有所感觸，右手輕輕拍拍我的肩膀。唉，我有溫暖的感覺。但是，這個溫暖的感覺稍縱即逝，我看見有個白人在注意我們。我回想到葛玲拜訪費雪先生時，有個司機模樣的白人，似乎是同一個人。我應該提高警戒心，但我沒有。

我乾了杯，繼續說：「至今，我不清楚我的人生會如何，真的是『宿鳥歸飛急，何處是歸程』。所以，只能走一步算一步。」

我怎麼了？在這燈紅酒綠中耍什麼文藝氣質。

「宿鳥歸飛急，何處是歸程。」她呢喃地隨著我唸出這兩個詩句，顯然她不是很瞭解，但確實被我的語氣感動。

當我想說明整個詩句以及出處時，她擺擺手，說：「別再賣弄了。在這燈紅酒綠中耍什麼文藝腔，搞浪漫也要實際一點。」

「哈哈，說得也是！我剛才也是這麼想，竟然被妳說出來。」

葛玲對那個默默注視我們的白人做了個手勢，示意要他離開。他離開之前，微微對我一笑。

嗯哼！難道是個盡職的護花使者？

我想起葛玲在陳述「十隻螞蟻」案件時，曾經提及「個人家庭因素」，顯然她是個出來尋找刺激的豪門貴婦。我喜歡這個美麗而危險的冒險，何況情欲的浪潮已經拍岸而來。我把身體靠近一點，她沒拒絕，讓我親了她的頭髮。我眼睛一閉，品味著那有著火焰氣息的香味。

「妳說妳叫葛玲，很美的名字。我猜妳是個在美國出生的華人。」

「不錯，我的祖父從大陸移民到這裡，然後將親戚一個一個接過來。他們既保守又安分，時時想要回去。可是到了我爸爸那一代，就產生了一些變化。唉！不要提這些無聊的陳年舊帳。你說你是你是私家偵查員，偵查些什麼？我倒是聽過私家偵探。談談你的工作吧！我很好奇。」

我心裡想：「妳不是找過私家偵探嗎？」嘴上卻隨意答說：「其實也沒什麼啦！」

我不願將自己的職業過分坦白，不想嚇到對方，或是引起不必要的猜疑，甚至喚醒她的記憶。一則我知道葛玲的家人一定和費雪先生有交情，二則雖然葛玲已經不是費雪偵探社的委託人，基於職業道德，我不能和她亂搞。但是，迷濛中那一點點火苗似乎再脹大了一些。如果、如果還有後來，我就說我認不出她就是委託人葛小姐。這個說法強詞奪理，但只要費雪先生不為難我，也可以合情合理。

面對她不是很認真的表情，我沒有敷衍，反而加強語氣、卻模糊焦點地說：「我的職業類似稅務偵查員、司法偵查員，還有偵查一些私人的恩怨，我的層級和能力還不到處理牽涉血腥犯罪的案子。反正我們公司接受任何客戶的任何委託，調查一些人、事、物。這種公司，舊金山比比皆是，沒什麼了不起。」

「我是有委託過私家偵探社辦事的經驗，應該是個有趣而刺激的行業，是不是？或許當家庭主婦當久了，和這個社會已經脫節，說老實話，我無法充份瞭解你所說的意思。」

「人和人之間還是保持點神祕感比較好。」我舉杯喝了一口酒，又說：「妳看不出是個家庭主婦。」

「那像什麼？」她若有若無地一笑，說：「我知道你在想什麼？難道家庭主婦就不能夠來這裡嗎？老實地、直接地告訴你，我的婚姻已經開始生鏽。不！應該說是腐蝕。」

開始了……，外遇的開始總是有著一個理由。

「生鏽？腐蝕？妳的情況似乎比我好，我的婚姻全然毀滅。」

「好死勝過歹活，難道你還留戀你的前妻嗎？不然那是一個好的開始，這樣說不對，應該說是轉機吧！你知道嗎？陌生人，我的丈夫不理我，一天到晚忙東忙西，忙到最後失去蹤跡。」

她臉上的笑意愈來愈濃，包含的淒苦也愈來愈濃，又說：「可惜我沒有錢，否則就聘你去調查。」

沒有錢？經驗告訴我，葛玲可能是個獵豔高手。不過，我樂於當她的獵物。

「有些是不需要付錢。」說完，我等待她的反應。

「我不但沒有錢，而且非常需要錢。」她冷笑一聲，說：「對不起，我有私訊。」

她漠然地看完私訊之後，很快露出微笑，還將秀髮一甩，然後將手貼上我的大腿。

我覺得很有意思，因為她的表情逐漸轉為風情萬種、煙視媚行。如同先前一樣黏貼在我身上，但她冷靜的眼神有些怪異。我覺得並無不妥，就坦然接受她的熱情，她身上的香氣讓我心中的火勢肆無忌憚。

葛玲看出我的心意，笑著說：「時間還早，我們多聊聊吧！」

「既然如此，那我就洗耳恭聽妳的故事。」

她的手離開我的大腿，移到耳邊去整理頭髮，說：「我是經過眾人的祝福和比利結婚。可惜當年英俊體貼的新郎，現在不知道在哪裡。」

「失蹤？」

葛玲點點頭，有哀傷的表情。

「失蹤多久？」

她喃喃說了個天數，但我沒聽清楚。

「如果，妳的婚姻有問題，為何不試著自己獨立生活？」

「習慣了鳥籠的金絲雀，無法自由自在地飛翔。人生就是這麼無奈。我已經是無家可歸，爸爸死了，兄弟姐妹各自分飛，媽媽擇人再嫁，搬到紐澤西去了。總之，我無法面對他們之中的任何一個人，他們會怪罪我和每一件發生的事。從小，他們就一直怪我東、怪我西，這也為什麼我迫不急待想嫁人，找一個避風港。殊不知天不從人願。」

怪東怪西？人生啊！泥上偶然留指爪，鴻飛哪復計東西。唉！什麼跟什麼。

「為什麼呢？」我想想，先談點別的也無妨。

「他們就是這樣，沒有其他的理由。因為，我沒經過他們的同意，就自己到學校寄宿。在華裔的社會裡，一個乖女孩，必須遵照父母的安排。顯然，我不是一個乖女孩。現在他們的眼中，我是一棵搖錢樹，但我又能如何呢？當然，我把我終生的幸福賭注在婚姻上，也是一種錯誤。」她的聲音因忿忿不平而顯得很堅硬：「然而婚後，接踵而來的不如意，使我理所當然地怪比利，還有我那個……的公公。我明白那是難以啟口，因為比利對我有異常的期待，我是他的妻子，卻把我當成一個心靈導師。更骯髒的想法是，把我幻想成他的母親。」

「母親？戀母情結？」

葛玲對於我的迷惑視為理所當然，繼續說：「經過一段時間，我有點明白。我的先生失去了小時候的記憶，所以試圖從我身上找回一些有關母親的記憶。」

我不知道眼前的女人為什麼企圖把自己「建構」成一個家庭制度下的悲劇人物，難道這就是愛情冒險遊戲前的序曲。

「為什麼偏偏我會遇上這種事，為什麼我這樣倒楣？還是我太笨，事前沒弄清楚比利的家庭背景。」

「妳先生應該是個有錢人吧？」

葛玲突然露出詭異的笑容，說：「他們家族以前是做生意的，賺了不少錢。到了他爸爸，還發揚光大，賺了更多的錢。他的錢多到讓他能夠為所欲為。」

「妳的公公是個怎樣的人？妳懂我意思。」

「我的公公什麼都敢做，不管是生意上，或是為了自己，他是個冷酷怪異的老人。」葛玲彷彿自覺不應該在陌生人面前批評，趕緊對虛空中的老男人道歉，她連忙再加上一句，說：「我不該這樣子批評他。」

葛玲還是有所保留，沒有真正透露那個冷酷怪異的老人的真正身分。我也不在乎，他不是我們談話的重點。

「他的太太，妳的婆婆呢？」

「很久以前就死了。我不瞭解比利為什麼會忽然興起追尋童年記憶的念頭，以前的我們都是過著平靜的日子。」

「妳剛才說：他試圖從妳身上找回一些有關母親的記憶。難道妳婆婆的死和妳先生失去童年記憶有關？」我不喜歡這個話題，但別無選擇。

她全身僵直地喝著酒，似乎已然忘記我的存在。

此時，有兩個男人在吧檯前打起來，旁邊站了一個醉醺醺的金髮美女，可能是爭風吃醋。那個女人的奶子至少有36 F，而且有三分之二露在外面。

我靜靜喝酒，這種局面維持了好一陣子。憤怒和悲傷就如電流般，在她的面龐更迭。最後，她保留了憤怒，並且以奇特的方式表達。葛玲用左手用力揉捏右手，然後用右手用力揉捏左手，不停地交換揉捏。那雙柔若無骨的手，連著蔥管似的手指強烈地刺激著我。

我發現那十片塗著亮光指甲油的指甲，浮動著詭異的淡紫。她當著我的面前把套在左手無名指的婚戒收起來，只留一只紅瑪瑙戒指套在中指，益發映出她雪白的皮膚，彷彿那裡就是所有血管的終點站，又像是誰在那裡凝住了血的結晶，然後一點一滴地供輸全身的養分。

「比利失蹤後，我透過朋友介紹，去找一名來自你們台灣來的算命仙。她跟我說比利已經死了，因我而死。還說了一堆過去亂七八糟的事情，有些事情還滿準的。」

「妳相信那個？」

「如果你剛才不說那些話，我也不會跟你說這個。」

「瞭解。那我們今晚就相信命運，但絕對不要被命運擺布。」

我們離開傷心碧酒店，葛玲帶著我走了兩個街頭，直接走進一間叫做「富麗堂皇」的老派汽車旅館。

進入房間，葛玲似乎有些緊張，我猜想她對這方面不是很有經驗。但是，我不做他想，因為都已經這樣了。

這房間是最邊間，所以那張床是緊靠著L型的水泥牆。我望著另一邊緊鄰的隔房、不知道是用什麼塑材拼湊而成的隔間，懷疑有什麼隔音效果。這間汽車旅館外觀不但老派，連內部裝潢和設施也非常懷舊風格。

我忽然想起很久很久以前讀過的一本小說《夜遊》，馬森教授寫的小說。書中的女主角和丈夫離異之後，獨自到一間名叫「熱帶花園」的酒吧夜遊，然後展開了一連串自我放逐和人間的體認之旅。葛玲是不是就是書中的女主角嗎？記得那本小說裡面有首詩，但是我就是記不起來……

她背著我脫下衣裙，只剩下滾著蕾絲邊的胸罩和一小片三角褲，雪丘般的背部、渾圓嬌巧的翹臀和筆直的長腿，一覽無遺。我也迅速脫掉上衣，然後走過去抱住她的背部，我發現她抖得很厲害，而且不敢看我。

我試著讓氣氛不要那麼緊張，低頭吻著她細長的脖子，在她耳畔說了幾句話。

她乾笑了一聲，說：「你只會講這種無聊的話！」

「嗯……哼……」我自知是個行動派的性愛高手，卻是個糟透了的浪漫情人。她的建議對我而言確實是個難題，我想說些言情小說裡的句子。但是，有口難言。更糟糕的事，那些句子竟然讓我軟下來。

「放點音樂吧……」她低下身去開音響，不停地更換頻道，似乎在掩飾內心的不安。

「嗯……」我不理她，只在她的耳畔輕哼。然後隨著音響流放出來的旋律，撫撥著她身上的每一根琴弦。我的開幕曲是一首緩慢輕柔的華爾滋，她的回應是激情的探戈，我知道下一首是電光閃閃、雷聲隆隆的進行曲。

葛玲避開我的深吻，雙手扶著我的腰，順從地蹲下去……。我閉上雙眼，腹部盡量往前挺，傾聽我緊繃的肌肉所發出來美妙的樂聲。

我有些過意不去，但誰能抵抗鋪天蓋地而來的情欲……反正是夜店裡撿來的女人。雖然我們以前在「費雪偵探社」見面，但命運卻讓我們在「傷心碧酒店」再見，我們的性愛包括了我和她各自不如意、不快樂的人生。

葛玲雖然滿足了我的欲望，只是她施放在我身上的熱情，到底是對另外一個男人的報復呢？或是填補自我的空虛？我不知道。

高潮來臨時，我想離開她的身體。她反而緊抱著我，並且以更激烈的動作來加強我的快感。我們用盡力氣了，在她的尖叫和我的低吼聲中，彷彿兩名同時中彈的士兵，在互相仇視裡，慢慢失去生命。

情欲尚未退去，理智洶湧而來，我喘息地在她耳邊說：「我們好像沒有做好措施？」

她不悅地回答：「我知道如何處理這種事。」

「妳不高興了？」

我錯愕地看著她起床，迅速穿上衣服。

「事情總會結束，難道你要我明天為你準備早餐？」

她穿著妥當之後，回我一個冷淡的微笑，然後獨自離去。

我一面用手撫摸被她咬痛的乳頭，一面回味這場有些荒唐的豔遇。想著想著，不知不覺地又睡著了，還做了個夢。有個女人抱了個嬰孩來找我，我想去抱那嬰孩，女人卻不允許，而且破口罵我。再次醒過來，我的直覺告訴我，整個事情有點怪，但我就是說不上來。還沒往下想，睡意再次俘擄了我。

醒來時，東方已大白，正要起床時，那首想記卻記不起來的詩，彷彿刻印般清晰地出現在腦海上……

生年不滿百，常懷千歲憂。
晝短苦夜長，何不秉燭遊？

第三章　老同學異鄉重逢

如果妳不愛我，我也無法愛自己；
如果妳愛我，那我更不需要愛自己。

舊金山市立精神病院心理分析科的李丹醫師說：有些人為了愛，把自我都丟棄了。

那是一面很美麗的牆，以各色破碎的大理石拼綴而成，在春天柔和的陽光下，流動著沉沉的光波。與其說是牆，倒不如說是匠心獨運的藝術品，還比較妥切。牆後有一大片繁茂的杏花樹，彷彿一群半睡半醒的白鶴，不安穩地振動著牠們的翅膀。清逸的天空，均勻地鋪在枝葉的空隙之間，其餘的就往上頭擴散而去。一絲雲都沒有，所以沒有留白。倒是那隻停在玻璃窗上，動也不動的大黃蜂，當作是畫者的簽名吧！

偉特拿著一瓶酒和兩隻杯子，從廚房走出來。棗紅色的圓領毛線衣和米黃色的休閒長褲，把他原本修長挺拔的體型襯托得更貴氣。露出一截領子的襯衫是那種讓人聯想到「暮春三月，江南草長，雜樹生花，群蝶亂飛」的休閒圖色。一股濃濃的書卷氣，令麗河有些不知所措。

三個月前，久居台北的麗河，厭倦了長期朝九晚六平凡無聊的生活，就下定決心離職，跑到舊金山來。因為舊金山是她最迷戀的城市。

當麗河來到舊金山第五天，她忽然想起了杜素卿。

多年前的一個午後，杜素卿、她的小學同學突然主動在臉書邀她為友。在來來去去的私訊，讓她感到意外，杜素卿竟然能夠把童年往事記憶得清清楚楚。再來讓她更感到意外，她竟然拜託她調查一宗妓女命案。

依據杜素卿的解釋，那名妓女是她一個朋友的母親，遭遇和她非常相似。麗河想起杜素卿自小父母離異，她母親改嫁美國人，就遠離台灣。然而，那個杜素卿的朋友也是自小父母離異，她跟隨父親來到美國奮鬥，而留在台灣的母親則淪落成為妓女，最後慘遭殺害。

麗河從小就是個浪漫主義者，也搞不清楚事件的合理性，就二話不說地答應下來，充當了幾天的偵探。經過一番收集，麗河提供給杜素卿的資料——死者廖慧枝是個妓女，時常在新竹後街一帶流竄。一個月前，被人發現陳屍在寓所之中，初步判定是由嫖客所為。經過警方偵查追蹤和過濾，有一名謝姓計程車司機涉嫌重大。

後來，警方經過科學儀器分析，認為該名謝姓計程車司機是清白的。那段時間，杜素卿來過台灣，但兩個人時間喬不攏，所以沒有見面。

過不了多久，不但杜素卿，連那件妓女被殺的案子在麗河的心中也就隨風飄去、不了了之。

麗河前往舊金山之前，就和杜素卿聯繫。但是，當她到達時，才知道杜素卿是個大忙人。好不容易聯絡上她的祕書，經過安排，兩人相約的地點竟然是在醫療器材展覽的會場。麗河等了約半小時，不耐煩和自尊心受損的兩大打擊，起身打算離開會場。她經過高掛著十字星企業標誌的攤位時，手機響起，原來杜素卿已經來到現場。麗河左顧右盼，發現不遠處，有一個打扮時尚、顯然是個高階主管或企業家模樣的女子正對她揮手。

「麗河，羅麗河，是妳嗎？」女子滿面笑容，快步走來。

「妳是……妳是杜素卿？」麗河有點遲疑。

「是啊！」

麗河看了她貼在胸前的名牌，露出既羨慕又崇拜的表情。她，杜素卿！小時候一點都不起眼的黃毛小丫頭，搖身一變，竟然成了國際知名醫藥公司的高級顧問。

原來麗河把杜素卿祕書排定的時間聽錯，幸好杜素卿始終在附近走動，所以才沒有錯失兩人的約見。她們一邊說話，一邊走回原來羅麗河喝咖啡的地方。

「素卿，妳在那一家公司工作？」麗河遙望高掛著十字星企業標誌的攤位，隨口發問。

「以前啦，早就離職了。這個名牌算是借用的，出入方便，買東西有打折。」杜素卿強調說：「他們有些事情找我幫忙，所以我才約妳在這裡見面。還記得那句話嗎？一兼二顧，摸蜊仔兼洗褲。」

「哈哈，妳還記得啊！不簡單。」

「小姐，妳呢？應該還是單身貴族吧？」

「我單身，但不是貴族。」

「標準的逍遙族。妳怎麼會來舊金山？」

「我來充電、度假、遊學、Long Stay。」

「少來，妳是來找帥哥吧？」

「我才沒有妳想的那麼膚淺，不過妳愛怎麼想，就怎麼想。」

麗河想起小學時代，自己是班長，氣焰囂張地指使當時年紀小的杜素卿。從進了高中到大學畢業，自己是多麼不可一世。如今看到一身名牌、氣勢非凡的杜素卿，對於舊金山、對於曾經無數次在夢中呼喚自己名字的金門大橋，產生了淡淡的幽怨。

杜素卿顯然沒有注意到麗河微妙的心理變化，自顧自地講述舊金山的名勝古蹟、美食美景，還熱情地邀請她下一次的聚餐。麗河好幾次想問杜素卿的工作或近況，都被她輕描淡寫、一筆帶過。麗河只知道她未婚，在舊金山的公家機關當一名職位不低的科學家。

後來呢？除了那一次和杜素卿一次無聊透頂，匆匆來、匆匆去的見面外，就是每週三個半天的課程外，簡直是乏善可陳。雖然也想到處走走，看看期待已久的景點，但一個人出去了幾次，就倦了。寧願獨自在街頭亂逛，然後找一間咖啡廳坐下來。

對於美國文化也如數家珍，戀愛的態度也不保守的麗河，憑著自己是外文系畢業，一口流利漂亮的英文，努力想加入同學的社交圈，但和標新立異的他們相處下來，總覺得格格不入。

她在台灣也和老外交往過，在舊金山這個城市，一眼就能辨別對方的底細。老外對於愛情的態度再明顯不過了。至於和那些忠厚老實的老中呢？由於麗河的初衷是異國遊學，所以根本就不屑與他們為伍，除非對方是溫柔多情、英俊多金的未婚男子。

這些年來，她已經受夠了和有婦之夫的糾纏不清。所以不論如何，真誠的未婚男子是她啟動愛情列車的原動力。不過，話說回來，在舊金山的這段日子，麗河總覺得這種自憐滿適合舊金山的霧，霧裡的金門大橋。

麗河終於徹底死心了，計畫再修幾門藝術的課程，然後一個月之後就打道回台灣。也就在那個時候，她夢幻似地遇見了兩個男人。

多年之後，麗河回憶這段往事，如果她和這兩個男人相遇的順序顛倒過來，或許她的人生有一百八十度的翻轉。

那是一個非假日的午後，麗河在畢拉發購物中心的超市，正彎腰取了幾塊冷凍蛋糕時，有陣香水撲鼻而來。那麼突如其來，讓她不由得吃了一驚。彷彿身體最神聖部位被人摸了一把。抬頭一望，原來是個約六呎高的碧眼金髮男人走過來，手裡握著一瓶黑色的罐子。看清楚對方英俊有型的面孔，不但放下心來，更迷迷濛濛地興起某種欲望。

「小姐，妳是日本人嗎？」他用不甚流利的日文問她。

略懂日文的麗河望了眼前這個臉型有些特別的魅力熟男，搖了搖頭，以英文回答說：「不，我不是日本人，是從台灣來的。」

他立刻展開親切的笑容，同時用和日文一樣不流利的中文，說：「太好了！我不曾去過台灣。但是，曾經在中國大陸住過一陣子。」

這個時候，天空把畢拉發購物中心當成啤酒杯，汪汪地把陽光注滿。站在置物架邊的男子益發散放出傳奇故事中的那股神祕魅力。幽微的老式情歌忽然鮮明起來，成列的商品剎那間化成了無數隻灼灼的眼睛。

麗河不由得陣陣臉紅心跳。

眼前的男子自我介紹，說：「我叫偉特・諾瓦克，捷克人。十年前，代表國家來美國參加體操比賽。因為嚮往這裡的繁華和自由，於是想盡辦法留下來。經過一番努力，我拿到綠卡，成了真正的美國人。」

麗河很驚訝對方的坦白，同時從對方的肢體語言中，似乎誤解到自己彷彿和他遭遇相同似的。一副既然「同是天涯淪落人」，所以「相逢何必曾相識」的態度。基於民族自尊的理由，她便急急澄清，說：「我是來短期進修，再一個月就要回國。」

「這裡不是很好嗎？為什麼要回去呢？」

麗河不想交代清楚，只簡短地說：「不同的理想，追求不同的生活。」

「理想是什麼？生活是什麼？」

麗河愛死了這種只有在言情小說中，才有的對白。

「我忘了我的目的！」偉特揚了揚手中的黑色罐子，說：「這是日本製的健康食品，不知道妳的看法如何？」

那是由靈芝製成的藥粉，麗河在台灣也買過，於是就大力推薦。很自然地，兩人就在初識的第一天，訂下了隔天再見面的時間和地點。當晚，麗河期待她將會有生命以來，最華美浪漫的日子。

那是一個雲淡風輕的午後，偉特約了麗河去逛梅西百貨，然後到巨大愛心座玩自拍。拍著……拍著……兩個人就當街熱吻起來。

當偉特鬆開雙臂，喘氣的麗河眼角餘光望見一條似曾相識的人影。啊！竟然是許久許久不見的黃敏家。莫非是幻覺，或是一個長得神似的過路人？但是，心中的聲音斬釘截鐵地說：不錯，他就是黃敏家。

怎麼可能是他？

這裡是美國，這裡是舊金山，這裡是在異國的街道，不是台灣，不是嘉義，不是在往日的校園。她竟然意外地和黃敏家重逢，就在這個地方、在那種情況之下。

他們有一段短暫的過去，麗河驕傲而無奈地回憶。

回憶中的黃敏家是一個純樸而實在的鄉村男孩。他住在嘉義民雄，成績很好。家境本來不錯，還到台中讀高中。後來父親經商出了點問題，他就離開台中，回到家鄉。聽說為了家計，晚上要到工業區打工，因此捨棄了醫學院，就近選讀中正大學的生命科學系。念外文系的麗河知道黃敏家很喜歡她，可惜感情就是這麼一回事，不對的時間讓兩人錯過之後，從此只能天涯共明月。

麗河忽然想到她和黃敏家的認識，也是杜素卿的緣故。

杜素卿小學沒畢業就去了美國，但大學時代曾經以交換學生的身分回台。她因為麗河的緣故，選擇了嘉義中正大學，又因為本身所學，便選擇了生命科學系，因此和黃敏家成了同班同學。

沒錯，就是他，黃敏家。

麗河沒時間多想，立刻丟下了偉特，跑過來和黃敏家相認。兩個男人幾句寒暄，偉特識趣地先自行離去。

「黃敏家，你怎麼會……？」

「哈，我也要問妳同樣的問題。」

兩人邊走邊聊，不知不覺走回聯合廣場的畢拉發中心時，不同於杜素卿，黃敏家把如何來美、就讀什麼學校、破碎的婚姻和近況都交代得清清楚楚。麗河沒想到他竟然是一名私家偵探。

從小就喜歡看推理小說的麗河對於黃敏家的工作有極度的好奇和興趣，她甚至要求他說幾件比較有趣的案件。當他說了「十隻螞蟻」的故事，妙透了的情節讓麗河癡迷不已。

麗河看到黃敏家有點漠然的表情，不由得想起自己在大學時代曾經傷害過對方。還有，方才自己和偉特熱吻的一幕已經被他看見，是不是引起相當程度的聯想。這些念頭千迴百轉在心中穿梭，慢慢把兩人之間過去的情懷化成往事如風。

於是，麗河盡挑些不關痛癢的話題來談，黃敏家也頗有紳士風度地談笑風生。就這樣，異國重逢的兩個人在舊金山的夕陽下互道珍重再見。雖然彼此留下聯絡方式，但心中明白，縱然再約見，也是君子之交淡如水了。

冗長的回想只是失神的一瞬，麗河微笑地接過酒杯，望著偉特在她的前面坐下，望著他優雅地輕舉酒杯，望著他啜飲了一口。麗河跟著喝了一口之後，感覺偉特好看的五官微微地模糊了一些，尤其是呈方形的下顎因角度改變而成了弧狀。

這是他們第二次見面，也是第一次共度週末，就在一棟古老到有點陰森的舊房子。這裡一點都不像舊金山，平靜冷清的氣氛，在樹林間偶而出現的浣熊，令麗河不由得想起位在台灣嘉義的大學校園，還有她那輝煌燦爛的大學生活。

今天的偉特特別有書卷氣，更令她想起那個不久前遇到的黃敏家。

不知道為什麼黃敏家的身影一直在她心湖上徘徊，還有那一年的校園和他深情又可笑的告白。

因為杜素卿之故，美麗大方的麗河時常被邀約參加生命科學系的聚會。有一次在KTV，她和杜素卿合唱一首歌。再下去，輪到黃敏家出來演唱。本來，麗河以為他會唱蔡小虎或是翁立友的歌曲。出乎意料，他先是比了一個自以為很帥的Pose，然後扯著破鑼似的嗓子，唱了一首大家都很熟悉的英文老歌〈Let it be me〉。當他唱到一半，忽然學著羅蜜歐在月夜花園，勇敢走向茱麗葉，然後半屈著腿，對著麗河伸出右手，大聲唱出「Without your sweet love, what would life can be」。當他唱到高音時，把音都走成四分五裂。麗河想到這裡，不由得笑出聲來。

「妳在笑什麼？如此燦爛美麗。」

「哈，沒什麼。」

麗河從她和偉特對坐的窗戶望出去，除了那片熱鬧的杏花林之外，還有片翠油油的山坡，在清風的拂弄下，蠕動著皺紋，彷彿綠色的被褥裡，藏著一個人。一個人？或是兩個人？羅麗河帶著詩意的心情去猜想。至於那個人是男是女，或是一對男女或是一對同性愛侶？Who Cares！

偉特是個怎樣的人呢？這個比她大了至少十歲的男人。對於即將來臨的夜晚，麗河有某種程度的準備。剛才的肢體接觸，除了比溫馨多一些情欲，還有令人分不清是友情還是愛情的擁抱和親吻之外，並沒有任何進一步的發展。

偉特有點心神不寧，有點焦慮，好像在等人。

她想起以前在Pub認識的幾個男人，不都是在付了喝酒的錢之後，就急急地想帶她上床。縱然沒有，也都想盡辦法在她身上的這裡或那裡，摸摸揉揉，彷彿不是這樣子，無法證明麗河是個女性似的。

唉！麗河就是這樣子，一個無可救藥的浪漫主義者。

可是當她喝完那杯酒，眼前彷彿湧起了層層的波浪，彷彿有一群黑色的鳥展翅飛過來，還有……兩邊的太陽穴響起了悶悶的爆炸聲。偉特他那好看的五官完全模糊成了一團了。

麗河以殘存的意識，用力地瞪著偉特，無聲地說著：「其實你不需要這樣對待我，我很願意跟你……」

第四章　披著紫色披風的男人

冷冷的風，蕭瑟的街道，一小段淒涼的往事。無言的歌，透明的窗景，無窮無盡的幸福感。

舊金山市立精神病院心理分析科的李丹醫師說：沉溺於過去的喜怒哀樂，是導致憂鬱症的主要原因。

我和麗河面對面地坐在「Rorei B&C」休閒中心的露天咖啡座。

「……然後我就昏死過去，什麼都不知道。」麗河放下咖啡杯，疲倦地望著我。

我很清楚不可思議的表情在我的臉上流竄，直到麗河說完最後一句話。

眼前的她，表情有驚恐，有迷惑，有疲憊，還有無助。但是，那一頭油黑的長髮在不經意的甩動中，無數美麗的線條，依然是我們初次見面時的樣子。想起很久以前，有關我們曖昧不清的時候，她的髮絲在我心田所畫下難忘的圖案，依然讓我心動不已。當然，還有我最愛的東方女子特有的楚楚可憐和熟悉的母語。我想起多少個寂寞孤單的深夜，她曼妙的倩影令我的春夢益發多彩多姿。

麗河和我是大學同學，我是生命科學系，她是外文系。我們曾經彼此都很欣賞對方，但是，終究都已經過去了。關於這一段往事，我不想再提起。殊不知，我們在多年之後，竟然能夠在舊金山意外重逢，原本是一個美麗而浪漫的開始。尤其是……想想……不提也罷！

她身邊有了個男人，我忘不了他們在舊金山天空下擁吻。那麼美，又那麼刺眼，於是就死了這條心。我沒有和她聯絡，她也沒有聯絡我。沒想到直到今天凌晨五點鐘，也就是四十分鐘前，我接到她的來電。

「是你嗎？黃敏家。」那是個慌亂而絕望的女聲，以我的直覺，我深深體會對方的無助，說不定正瀕臨最危險的地帶。

當我說了聲「Yes」之後，對方便以撕裂的哭喊聲，說：「我是麗河。你知道我嗎？我是麗河。」

「我知道妳，有什麼事？」

「我有麻煩，很大的麻煩。嗚……嗚……請你要幫助我，不然我……嗚……嗚……」

「妳不要哭，不要激動。」

「我怎能不哭？我怎能不激動？」

「慢慢來，妳有什麼麻煩？還有，妳要我怎樣幫助妳？」

「我的麻煩是……偉特死了，是被人殺死的！」

我想到那個該死的偉特！但是，怎麼真的就死了？何況我根本沒有詛咒過他。

「是的！但願那不是真的。可是很不幸，那是真的！」

「沒關係，我們一起證明那到底是不是真的。」

「嗚……嗚……而我……警察一定會認為是我殺死的！所以，你必須替我洗清罪嫌，你是個偵探，對不對？」

「麗河，妳必須要冷靜。」這個時候，我怎能說我只是個在偵探社跑跑腿的菜鳥偵查員？

「還有……你認識很多舊金山的警察，還有什麼CSI，所以比較瞭解狀況，對不對？你會幫助我，對不對？因為我們是好朋友。」這個時候，我怎能說我只認識阿方，而且他是個最低階的搞內勤事務的警察？

我雖然還弄不清楚到底怎麼一回事，但是，卻明瞭在手機中是無法得到明確的描述，何況麗河又處在極端高昂的情緒，所以先問她人在何處。

「我不知道我在哪裡。」或許因為我答應伸出援手，麗河似乎冷靜下來。經過短暫的沉默，她清晰而詳細地說：「我是從偉特的屋子逃出來，我走了很多路，一看見有車子經過，就躲起來。遠遠看到金門大橋，就立刻想到你，幸好我有你的手機號碼！」

是的！幸好妳沒有刪除我的手機號碼！

「好！沒關係，妳用手機的定位功能，先告訴我妳人在哪裡。」我又問：「妳附近有沒有什麼比較明顯的地標？」

「是的！剛才我路過的時候，有看見一間酒店，叫做……」麗河對自己的英文發音沒把握。由於記憶不完整，拼出來的字又錯誤百出，但我猜想應該是「Rorei B&C」休閒中心，因為它是附近唯一一個像酒店的地方。

我也上網搜尋，依據網路地圖上所描述，說了幾個特徵，以及附近的地勢，立刻得到麗河的肯定。估計一下見面的時間，我要求她先找個安全的地方等待，到時候再過去和我會面。一個衣冠不整的單身亞洲女子，我可以想像她匆匆逃脫時的狼狽。在夜色尚未褪去的時刻，孤零零地坐在休閒中心的大廳，不論是何居心，總是招人懷疑。被度假中心的人轟出去是小事，或是……。萬一招來警察，那就大事不妙。

我以最短的時間完成了生理問題。穿上牛仔褲，再換了件福特汽車贈送的T恤，再加上斜紋背心夾克，就匆匆出門。

今天是星期天，所以能夠賣麗河一個人情，至於她曾提及到有人死了，但願不要太棘手。所謂的太棘手，是要拜託費雪先生動用偵探室的電腦或某些資料，這麼一來，可能會要惹人閒話。

Rorei B&C是Rorei Brothers and company的縮寫，也就是說這家休閒中心是由姓羅力的兄弟和他們的夥伴組成的。位於聖羅安山麓，面對一個很大的湖泊。那個湖泊就是Rorei B&C休閒中心的天然游泳池，也可以在上面划船和釣魚，再加上山谷中的幾間茅舍和低頭吃青草的羊群，頗有歐洲鄉村寧靜的野趣，和充滿激情和色彩繽紛的舊金山風光相比較，別有一番特殊情調。

我停好車，腳正伸出時，麗河便如幽靈般地現出身形。我立刻托住她那幾乎要折成兩半的纖腰。美麗的臉龐，驚慌的神情，殘妝零落，還有散亂的髮絲。那雙盈盈秋波，如今浮現著蜘蛛網般的血絲。閃爍的長串星鑽耳環，化成了滴滴點點欲墜的淚珠。她在我的臂彎間，宛如水草纏著浮木，不由自主地上上下下漂流。

「妳先去大廳等我，那裡比較暖和。」
「我不敢……我怕……」麗河的頭往我的腋下鑽，像隻取暖的小貓。
在我不斷的安慰下，她緩緩仰起頭來，淒切地說：「你能來，真好。」
「我想妳累了，也餓了！我們進去吃份早餐。」我領著她離開停車場，往露天咖啡座走去。
由於時間過早，所以非但沒有顧客，連廚師似乎也還沒上班。只有管理員在打掃整理，我向他要水。她看看一身狼狽的麗河，為我們拿來一杯溫水。
麗河喝了一口，就嘔吐起來，但不是真正的嘔吐，只是胃肌抽搐而已。我連忙拍著她的肩膀，看著她一口一口、慢慢地喝著。好不容易才穩定下來，臉色終於有一點點紅潤。
「有沒有好一點？」望著那兩片凍成紫色的櫻唇，我心疼地問。
「好多了！謝謝。」麗河用我遞過去的面紙擦拭因乾嘔時流出來的眼淚。
「妳說偉特死了，真的嗎？」
「真的！」於是，麗河極盡可能詳細地將他們的交往，以及昨天相約共度週末的細節，都告訴了我。最後的記憶是她喝完那杯酒之後，就昏昏沉沉地睡著了……
「我醒來的時候是凌晨三點二十五分，因為我有看了手錶。我先舒展四肢，然後回想自己為什麼會靠在餐桌上。記得我是在昨天下午四點多的時候，在那裡和偉特喝酒聊天，然後我就……這樣睡了九個多小時，很不可思議吧？由於我的口腔又乾又苦，身體又感到很漂浮，於是我想到偉特一定是在酒裡放了什麼東西。但是，我的衣服完整，身體也沒有被侵犯過。」
「後來呢？」

「天色還很暗，只有壁燈亮著，所以我可以看到四周的擺設。我記得牆上掛了一排靜物照片，還有一些抽象畫。完全是睡前的樣子，只有餐桌上的酒杯被收走。我抬頭看二樓欄杆後的其中一間房間，從緊閉的門底下，射出一縫鵝黃色的光。我很生氣，因為他把我丟在餐桌，而自己卻高枕無憂，太不夠意思了！」麗河撥了撥額前的亂髮，說：「我就上樓，並且故意把腳步聲弄得很響。當我敲門時，門就自動打開，呈現在眼前的是宛如古典恐怖電影般詭異華麗的一幕。」

我發現麗河的雙頰燒紅起來，眸子浮現出刀光劍影。趕緊勸她再喝口水，但她搖頭拒絕，繼續說：「充滿濃郁香氣的房間裡，偉特呈大字形地躺在床上。最詭異的是除了披上紫色的披風之外，偉特全身赤裸。而且，在他的胯間佩了個紫色的套子，仰得高高地，連到下面的陰囊，彷彿是隻粗陶製成的花瓶。懸疑奇特的氣氛逐漸加濃，使我的怒氣一點一滴地消失。」

講到這裡，彷彿需要喘一口氣似的麗河暫時保持靜默。我耐心等待，不經意地望著窗外的湖景。天已經亮了，不過還是堆積著腫大的雲團，所以看起來還是黯淡迷濛。倒是從山谷中奔流出來的白霧，像輕盈的芭蕾舞孃在樹枝間跳躍表演，然後再聚集在湖面，準備日出前、盛大的正式演出。

我發現早餐已經開始供應，於是自作主張地為羅麗河點了奶油吐司、荷包蛋和培根，以及優酪乳和果汁。至於我自己呢？則多了一枚附帶蜂蜜的法國鬆餅。

麗河斷斷續續講述她那宛如在噩夢中的遭遇。

「我不是個沒見過世面的小女孩。所以，第一眼看見這樣的男體，以為是……立刻就有了性的反應。就在我剝開胸前的第一顆扭扣時，眼角卻瞥見偉特的身上，除了紫色的披風，紫色的陰莖加長套之外，他的臉……他的臉上戴著一頂紫色羽毛的帽子，非常恐怖的樣子。那展開的披風，好像孔雀開屏。我好像又看到一個紫色的東西黏在胸口，尤其是接近黑色的濃稠液體。我想尖叫，可是轉念之間，或許他裝扮成死人，企圖把夜的遊戲提升到最神祕的高潮。於是我慢慢靠近，然後跪在床邊。我不小心碰觸到他的腳趾，我指尖的觸感是冰冷而僵硬。我感覺頭好痛，好像……在濃香中我似乎嗅到一股腐敗的腥臭。那個時候，我抬起頭好像……好像看到黏在胸口的東西是一把刀，幾乎全部沒入偉特寬厚的胸腔裡，只露出紫色的刀柄。當我的眼睛和他那半睜的眼睛相對時，我再也禁不住地尖叫起來。」

「然後，妳就逃離現場。」

「是的！」

「你們怎麼去那間房子？偉特開車嗎？」

「是的！」

「那妳有沒有注意到他的車子是不是還在。」

「我沒注意，對不起。」麗河開始發抖，牙齒發出格格的聲音。

我認為麗河因為靠著意志力支撐著，所以暫時不會倒下來。付完帳，在管理員不解和好奇的眼神下，半拖半抱地將她塞進車子。

我心想帶麗河重回現場確認，但仔細一想，並不妥當。當Rorei B&C休閒中心前面的湖泊在眼前延伸成一條河流時，我們已經在往舊金山市的道路上了。麗河坐在旁邊，緊閉著雙眼，不知道是在養神，還是沉沉入睡。但是，我不想打攪她。漸漸地，商業大樓陸陸續續地從車道的兩邊冒出來。

我將車子彎入市場街時，前面正在大遊行，彷彿是嘉年華會似的，每個參與者極盡巧思地打扮自己。大部分都是女裝，而且面貌姣好，曲線玲瓏。有的穿著貼滿亮片的彩虹緊身衣，有的頭上插滿五彩繽紛的鴕鳥羽毛，有的是什麼都不穿，只在重要的部位掛上貝殼……

我看得眼花撩亂，麗河忽然尖叫一聲。

「怎麼回事？」

「你看。」

我隨著她所指的方向望去，只見有一個健壯的男子，戴著紫色的羽毛頭飾，披著紫色的披風，夾雜在遊行的人群中。

「偉特就是那樣的打扮，一模一樣的打扮。」

當我想多看一眼時，那一條人影宛如紫色的蝙蝠，在街口的轉角處消失不見。

「妳是不是在懷疑偉特是否真的死了？」

「我相信我的判斷，但看了那一個披著紫色披風的男人，我的信心有些動搖。」麗河用兩個拇指去擠壓太陽穴，說：「真希望那只是一場荒謬絕倫的噩夢。」

「但是，它不是夢。」我故作輕鬆地說，「或許是個惡作劇，等一下偉特就會打電話向妳道歉。」

「我才不管他的死活，我擔心的是……萬一警察找上我時，我該怎麼辦？」

「只要妳沒殺人，有什麼好擔心的！」事到如今，我也只能這麼說。

金門大橋出現了，表示我們的住處也就在不遠處了。

往右是我家，往左是麗河住的旅店。

我們往右。

不是我的主意，是女士的主張。簡單的一句話，經過這樣的打擊，她無法一個人獨處。我同意，而且萬一在「命案」現場發現毛髮、指紋而被通緝，至少有個緩衝的餘地。

不過，我並沒有直接帶麗河回家，而是先去一家大陸人開的草藥店。那個大陸人本來是個中醫師，所以略懂醫術。確定麗河只是受了風寒和過度疲勞後引起，我沒有提及咖啡裡滲藥的事情。拿了些號稱祖傳祕方的藥丸之後，我就載著麗河開車回家。

一路上，我感覺偉特的陰影依然緊緊地跟隨麗河，所以我刻意挑選一些輕鬆的話題。

大約十分鐘之後，當我打開我的房門，總是按照標準作業程序般對每一位來訪的女士，說：「對不起，我的房間很亂。」

「還好！有的單身漢的房間更亂。至少你沒有亂丟臭襪子。」麗河也是按照標準作業程序回答，只是亂丟臭襪子可以被髒衣服、怪味道等取代。

「對了！剛才，妳早餐幾乎連碰都沒碰，要不要試我的手藝？」

「樂意之至，或許我能幫點忙。」

「千萬不可。現在妳可是一位養尊處優的皇后，先去洗一個舒舒服服的澡，然後再品嚐御膳房的午餐。」

麗河回眸一笑，然後雙手接走我遞過去的浴袍。看了看說：「到底是哪一個女人留下來的？

品味不錯嘛！」

反正一切盡在不言中，我也不多加解釋。

走進廚房，我搜盡所有的材料，勉強做了一鍋牛肉湯。這個時候，浴室裡傳來水聲，不由得讓人想起沐浴乳的廣告，女人在瀑布下撫摸自己的身體，光潔的肌膚在氤氳的水霧中，散發出晨曦般的光澤。才這麼一點點的綺念，那鍋牛肉濃湯彷彿抗議似地冒流出來，我趕緊把蓋子拿開，結果被燙了一下。

那些水聲惹得我意亂情迷，於是我打開電視，希望借助外來的雜音來平定心中蠢蠢欲來的暴風雨。美國的電視台真是神通廣大，剛剛才見到的大遊行，此時此刻正濃縮在小螢幕裡，精彩上演。曾經驚鴻一瞥宛如蝙蝠俠般，披著紫色披風的男人也匆匆地在鏡頭前掠過。從旁白得知，那是一個色情行業的遊行，抗議資方非法剝削，難怪整個過程充滿了「性氣息」。

關於脫衣舞男的異軍突起，據說和女權運動息息相關。經濟獨立的女性和男性平起平坐之後，自然也要玩起類似的性遊戲。剛開始是淑女之夜，後來演進成由女主人邀請男舞者表演助興。由於競爭愈來愈激烈，表演的內容也就愈來愈大膽。甚至演變成把男舞者弄成一盒生日禮物，陪壽星過夜。前幾天，我替費雪先生收集資料時，看到很多年前轟動一時的影劇八卦，當年玉女紅星布魯克・雪德絲就是以看男性脫衣舞來歡度她的十八歲生日。布魯克・雪德絲是費雪先生的偶像，資料上還寫她很受日本人的喜愛，還去過台灣領獎。

剛才匆匆一瞥，宛如蝙蝠俠打扮的那個披紫色披風的男人，讓我回想曾經觀賞脫衣舞男的經驗。

我因女性友人的緣故，而曾經涉足其間。男士是不准進場觀賞，除非有女士相伴，而且收費其高無比。我親眼看見幾位端莊的女性長輩，因為舞男在她們眼前寬衣解帶而失控。也有主婦在先生含笑的注視下，把鈔票塞入他們的丁字褲內。我想及他們性感的舞姿，不知不覺把屁股搖起來。

「你高興什麼？」

「哦！」

我回頭看著正用大毛巾擦頭髮的麗河，左手的食指貼著ＯＫ繃，還滲著血水。不過那寬大的浴袍，使她的胸部若隱若現，吸住了我的注意。於是，慢慢地停止我的扭動。

「嗯哼！好香喔……」她皺著鼻子的模樣實在很可愛。

「我敬愛的皇后，請用餐。」我往前屈膝，刻意地牽起她的小手，走向餐桌。

雖然我們盡量避免去談偉特，但總會有個「結」存在。

「我想聽聽你的意見。」

「什麼意見？我的東方美人。」

「我想盡快離開舊金山，回台灣去。」

「我瞭解你的心情。」我深思了一回，慎重地說：「我認為妳還是暫時不要輕舉妄動。假如偉特的死訊曝光，妳的外國人身分立刻成為眾矢之的，而國際機場則是警察的第一目標。」

「那我怎麼辦？」

「有我在，妳還怕什麼？」

「嗯！你真好。」麗河禁不住抱住我，送上香吻。

飯後，麗河表示她要收拾碗筷。我進入浴室，一眼見到她的衣裙整整齊齊地疊放在懸空的櫥子裡，最下層是粉紅色的蕾絲，我知道那是什麼，心臟猛然多跳了幾下。

我走出浴室時，身穿浴袍的麗河已經把餐桌整理得差不多。

「我想我該告辭了。」麗河楚楚動人地說。

「妳可以住在這裡，等風聲過去再走。」

「我不願給你帶來麻煩。」

我豎起拇指和食指，做了個射擊的手勢，說：「任何麻煩遇見我，下場都是這樣。」

「那房租該怎麼計算呢？」麗河溫柔地靠近我，用雙手勾著我的頸部，吐氣如蘭地說。

「這裡就是妳的皇宮。」我一面吸吮著她的柔唇，一面將她的手放在我已經隆成一團小山丘的褲襠，說：「至於再下來的生活費，還有任何的消費，妳可以使用我的金卡。」

眼前的女孩以前不會無緣無故花用男人的錢，以前不會，現在自然也不會。但是，我知道她心裡應該還是很高興我這樣說。

耳畔傳來她嬌聲的呻吟：「我從來沒用過這麼棒的金卡。」

原來，我還站在浴室裡，傻傻地望著鏡中的自己。忽然覺得很悲哀，身為男人最無聊的悲哀。因為以上都是我的想像，麗河和我什麼都沒發生。

那個遠從台灣而來，原本計畫在舊金山的藝術學院選修一些美術設計方面的課程，然後幻想在浪漫的邂逅中，展開另外的精彩人生的女子。在每一段旅程的章節，應該是除了是幸福美滿的句點，餘韻猶存的逗點，還有耐人尋味的刪節號，沒想到竟然出現了一個怵目驚心的驚嘆號和無數個懸疑迷離的疑問號。

我發現急救箱被動過，尤其是在垃圾桶裡有著大量染血的棉花球和紗布，這是怎麼一回事呢？

第五章　偉特・諾瓦克到底是誰

風輕輕掠起花瓣，露珠是虹；白紗簾，回憶是華爾滋。
詩讓靈魂窒息，絕美的死亡，流動在春寒裡的半個祕密。
在一九七七年十三月，青春物語之後；
十月三十二日，踮著腳尖盈盈而來；
午後三點六十一分，櫻色漣漪如鷺鷥展翅。
夢，甘甜，令人來不及回味；
卻，苦澀，一生難忘，延伸來世。

舊金山市立精神病院心理分析科的李丹醫師說：有些人想要遺忘，有些人想要尋回失落的自己。

麗河昨晚自行搭計程車回旅店，我今天準時到偵探社上班。

費雪偵探社離金門大橋約一公里，是位於一個小山丘上的商業大樓，九樓的小辦公室。除了我和老闆費雪先生之外，還有一位負責總務、事務、庶務、財務等各種雜務的威靈頓太太。

我事先已經檢視過費雪先生下的工作指令，還好都不是急件。於是就利用自己的電腦資訊系統去做有關偉特的初步調查，沒有收穫。

過了九點半，我開始執行費雪先生的工作指令，其中有些必須做資料搜尋。機不可失，我想利用偵探社的強大搜尋系統，偷偷將偉特的個資輸進去。但是，一想到如果被費雪先生察覺，得不償失，只好作罷。

我按照麗河給我的手機號碼，打了好幾次給偉特，都是語音答覆。

午休時間，我到辦公室外的快餐店買了一個餐盒，然後坐在噴水池邊。我想起麗河告訴我，有關偉特的背景資料。偉特・諾瓦克，捷克人。十年前，代表國家來美國參加體操比賽。因為嚮往這裡的繁華和自由，於是想盡辦法留下來。經過一番努力，終於拿到綠卡，成了真正的美國人。

雖然我在上班前，已經利用自己的電腦資訊系統去做有關偉特的初步調查。但是，因為時間不夠充分，所以一無所獲。想到這裡，食欲頓失，拿起平板將我所知道的偉特的個資，一筆一筆地輸進去。

篩選之後，我再把有可能性的名字或事件輸進去，然後就有密密麻麻的資料，快速地逐項列出。但是，最後還是沒有相關可以利用的資料可供參考，包括十年前，捷克國家代表隊來美國參加體操比賽等等。我忽然有個念頭，偉特是個假名，身分也是假的，說不定根本不是捷克人。當我把偉特邀約麗河的別墅地址輸進去，出現了幾筆資料，包括曾經是多年前政商名流的社交場所，也是傳聞中的色情俱樂部。令我驚訝，在警政署的官方網站也有歷史紀錄。

我正想要逐筆詳細查閱，猛然想起忽略了更重要的線索，趕緊私訊麗河要求提供偉特的照片，她竟然回答沒有。我追問怎麼可能，她結結巴巴地回答說，她害怕被警察查出蛛絲馬跡，所以刪除全部有關資料。真令人扼腕，如果我們在第一時間就能夠把握偉特的長相，那麼……，算了，千金難買早知道。

刪除的照片是否能夠救回來已經不重要，想想其他的辦法才是當務之急。

我想我的資源不是有限，而是根本沒有重點，讓人有大海撈針的無能為力。我真的很想進入費雪偵探社的尋人系統。但千萬不可，因為一定會留下追溯資料。那麼，我是否要跟費雪先生實話實說呢？於公，麗河負得起這龐大的委託費用嗎？於私，費雪先生可能會賣我這個面子嗎？何況我說出我和麗河的關係，引來他的訕笑還好，萬一質疑我的職業道德，可吃不完、兜著走。想到這裡，我幫忙麗河的熱心逐漸冷淡下來。

費雪先生原本是犯罪心理學的教授，同時也是現場偵查的專家，致力於電腦軟體的研究，將他經手過的案子設計成一套嚴密的資訊系統，再加上犯罪分類檔案及統計分析，讓警察辦案時，能在短短的時間，掌握住可能比較正確的方向。正確方向是很重要的，否則一開始就錯的話，不但浪費資源，甚至墜入五里霧中，最後成了一宗懸案或冤獄。

據說……據說……費雪先生可以透過電腦，瞭解警方的辦案情形。雖然涉及高機密性的資料，必須經過授權，還有使用密碼或身分認證等重重關卡，費雪先生就是有辦法來去自如。到底運用什麼樣的手法，阿方也搞不清楚。所以，他不斷強調地說：「據說……據說……再據說，空穴來風，是真是假，聽聽就好。」

我的手機響了，一看來電顯示，竟然是偉特的手機號碼。

「請問你是誰？」

我自我介紹後，很禮貌地問他是不是偉特・諾瓦克。

「你打錯了！」

我試圖再撥，已經被封鎖了。我打手機問麗河，她說她也打不通。

於是，我滿懷心事走回偵探社。想來想去，終於想出一個「搭順風車」辦法。我的解釋，我不是公器私用，而是例行公事。想通之後，我心安理得地進入舊金山警察官方網站。按了幾個鍵之後，畫面上立刻列出昨天中午十二點之後，到現在所發生的命案名單。我用原子筆的尾端順著標明「死者」的欄位，逐項尋找。但是，並沒有名叫「偉特・諾瓦克」的人，或許「偉特・諾瓦克」真的並非真名。

於是，我換了個方式，將麗河告訴我的有關「偉特・諾瓦克」的生理特徵以及我自己對「偉特・諾瓦克」的模糊印象做搜尋，甚至再度把偉特邀約麗河的別墅地址輸進去，可是出現了「機密」的畫面。

無計可施，我只能呆呆地望著窗外的陽光，只見到遠處的天空有人在玩熱氣球。彩色的熱氣球映在淡青的天空，非常活潑亮麗。其中的遠遠的一顆紫色球體，讓我產生了陰鬱的聯想——紫色的羽毛面具、紫色的披風、紫色的陰莖皮套，還有麗河所說、插在偉特胸口的紫色刀柄。

我在Google圖片中，發現這套服飾就是來自二十多年前，轟動一時的色情片《紫色飛鷹》中，男主角的裝扮。於是我再輸入「男性色情行業」，畫面出現無數個網站。我在猛男帥哥交友網站瀏覽……太多資料等於沒有資料。唯一的結論是——該屍體尚未被警方發現。或者是「偉特・諾瓦克」根本就沒有死。

「敏家，你有事嗎？」不知何時眼前出現一位白髮藍眼的老先生。

「什麼？沒有啊！」我懷疑這個偵探社是不是到處都有裝置隱形的攝影機。不，我應該說費雪先生是不是有讀心術，或是我心神不寧的樣子太明顯了，或是我公器私用的行為被發現了。

「有事的話，你先看著辦吧！但是，記得找時間加班補回來，如果你可以在規定時間做完就沒問題。」

「喔！」我迷惘地看著費雪先生。

「你，你還有意見嗎？」

「沒有，費雪先生。」

我的道謝還沒表達完全，費雪先生已經回到他的辦公室。老闆都已經做到這種地步了，我可不能得寸進尺、得意忘形喔！所以我把「偉特」和「麗河」丟到一邊，把工作指令一張一張地完成。工作告一段落，起身到二樓的咖啡廳去喝杯咖啡時，我一面走，一面讀手機簡訊，包括一則麗河的留言：「有沒有查出什麼端倪？」

我回電，說了幾句問安的話之後，直接地回答：「沒有。換句話說，偉特的屍體還沒被發現。如果他真的死掉的話。」耳邊傳來一聲嘆息，我講了幾句安慰的話，然後建議地說：「晚上，我們去傷心碧酒店。」

「傷心碧酒店？」

「是的，傷心碧酒店。」我簡單地說明傷心碧酒店的特色，還有地點。

麗河很快地答應：「好啊！七點見。」

「七點見。記住，穿辣一點，讓那些洋鬼子眼珠子都掉下來。」

「你真煩。」耳畔響起笑聲，她顯然暫時把煩惱抛開，這是好現象。

通話完畢，點了咖啡，就找了靠欄杆的位置坐下。幾分鐘後，當我把視線掃向樓下的廣場，不意間看見一個亞裔的女子正離開大樓。她的身影在灰濛濛的街頭，宛如一隻孤獨的蛾。她不知為何時而駐足、時而回首，彷彿懷著重大的心事，無法下定決心做選擇。

我們四目短暫交接之後，相當眼熟的一名女子。不知道為什麼，我最近看見陌生人，總是有一種好像似曾相識的感覺。

當千思萬緒在我心中盤旋時，只見她忽然從皮包拿出手機，然後一面說話、一面快速地往地下停車場走去。就在她消失的那一瞬間，我猛然想起，她就是杜素卿。

我的記憶中，杜素卿是麗河的小學同學，又是鄰居，她們當時住在新竹。兩個女孩子都很聰明美麗，只是杜素卿從小就文靜內向，而麗河卻是活潑大方、愛出鋒頭的女孩子。我會和麗河認識也是因為杜素卿的緣故，她很小就跟著母親出國。定居在美國，然後在大學時代就申請來台就讀一年，因為麗河的緣故，便選擇在嘉義就讀大學。因為她是念生化，因此順理成章和念生命科學的我同學同班，甚至有些實驗還編排在同組。

她在美國一點也不奇怪，只是怎麼那麼巧，也在舊金山？怎麼會這樣突然，出現在我工作的地方？難道是來找我。

我們方才的四目相對讓她打了退堂鼓，是我的冷漠或是……一邊望著她愈走愈遠，遠到變成一片風中的落葉。抬頭看看夾在高樓大廈之間的天空，餘燼般的晚霞，像一隻掙扎的、想抓住什麼似的、粉紅色的手。

我喝完咖啡，杜素卿也淡出我的腦海。再出了一回神，我打起精神，搭電梯回偵探社。銷假回來上班的威靈頓太太已經早早下班了。費雪先生和往常一樣，關在自己的辦公室裡。

三十分鐘之後，我的車子已經奔馳在往傷心碧酒店的途中。

我緊握住方向盤，注視著窗前，迎來送去的車輛，想到自己也是浮動在光譜中的粒子，不知不覺地自憐起來。當車子駛過一條銀河般燦爛的霓虹街，浮雕在大樓前的燈窗，在夜色中神祕地浮動。每扇燈窗都是世人的面孔，望似一模一樣，有鼻子有眼睛，卻深鎖千千萬萬則不同的故事。他的愛恨情仇，她的喜怒哀樂，他們的悲歡離合。

傷心碧酒店依然喧嘩，紅男綠女川流不息。

麗河比我預期的早了十分鐘出現，打扮得比我預期的更辣、更美豔。僅僅小我一歲的她在夜晚的誘惑，釋放出激情的青春。我替她點了柯夢波丹（Cosmopolitan），這款調酒是當今舊金山夜店票選最受年輕女性喜愛的選擇。為了配合，我為自己點了琴湯尼（Gin and Tonic）。

我沒有告訴麗河，我今天看見杜素卿。也許改天吧！因為今夜只有黃敏家和羅麗河。

我喜歡的那位黑人女歌手現身台上。我和麗河互換一個眼神，默默望著那渾身閃亮的龐大身軀，靜心聆聽她低沉的歌聲。

我情願被妳奴隸，我情願被妳蹂躪。
愛情的餘暉，愛情的灰燼；
愛情的幻滅，回首往事又黃昏。

我不願孤獨沉淪，我不願錯身人間。
無聲的高原，無聲的呼喊；
無聲的凝視，回首已過萬重山。

夕陽啊！夕陽。
請妳帶我走，不要回頭！
我的情願是，天長地久。
我的不願是妳為他癡心守候。

夕陽啊！夕陽。
請妳告訴我，不要沉默！
我的不願是，無可奈何。
我的情願是妳記得我們愛過。

第六章　十字星企業的醜聞

在這個一點也不像故鄉的異鄉，我等待我下一步的站牌。
起點和終點之間是無數個點，也是流動的公路。
濕乾交錯的眼睛，是一窗又一窗的風景。
青春和蒼涼被觀察，陌生的悲傷與喜悅被想像。
終於，領悟繁華中的寂寞。
當逗點被歸宿成句點，我發現了我的行囊中……
我發現了我的行囊中，多了一縷城市的光芒。

舊金山市立精神病院心理分析科的李丹醫師說：不斷地追尋，是人的宿命。絕對不能放棄希望，不論身處在多惡劣的環境。

第二天是星期二，我在八點三刻走進費雪偵探社。正在打報告的威靈頓太太一看見我便露出曖昧的神情。

「怎麼了？不曾見過台灣帥哥嗎？」我唱麥可・傑克森的〈比莉・珍〉，學他的月球漫步。

我知道麥可・傑克森是威靈頓太太的偶像，還不忘記拋一個媚眼給她。

「天哪！你是吃了什麼仙丹，整個人都變了。」

「變好？變壞？」

「變壞，從骨子裡壞到底的壞。卻是那種讓女人神魂顛倒的壞。」威靈頓太太笑得很曖昧，之後立刻變臉，嚴肅地說：「不過，告訴你一個消息。費雪先生要我告訴你，你一出現，就必須立刻去他的辦公室。委託人已經來了。」

我看看電腦上顯示的日常訪客單，問道：「沒有預約，而且來得不是太早了嗎？」

「有錢有勢的人有任性的權利，何況他是我們老闆的朋友。」

「可是，我手邊沒有任何資料。透露一些吧！免得進去當白癡。」

「委託人是十字星企業的總裁保羅・席格先生，他五天前委託我們尋找他失蹤的兒子。因為不是大案件，費雪先生就把他外包給高德先生。所以，你不知道。」

「為什麼忽然委託人會在早上親自拜訪費雪先生，難道他的兒子殺人或被殺。」

「不要浪費時間了！你快進去，他們可能在等你。費雪先生不會說話，委託人可不是好惹的，小心他給你臉色看。」

我正要離開，威靈頓太太叫住我，慎重其事地說：「保羅・席格先生的媳婦就是葛小姐，不要跟我說你不記得她，你三不五時就拿出來誇耀的『十隻螞蟻』。」

我一手拿著平板，一手敲門，等費雪先生說：「進來」，才略微彎腰進入。裡面有位六十多歲的白髮紳士，穿著經典的西裝，炯炯有神的目光射出凌厲的光芒。但是，當他望向我的那一刻，不知道是不是我的多疑，我感覺他睜大的眼睛是驚訝的表示，好像曾經見過我似的。不過只有一瞬間，白髮紳士立刻又回復到讓人敬畏的神情。

「這位是黃敏家先生。」費雪先生替我們彼此做介紹：「這位是保羅・席格先生，席格先生是十字星企業的總裁。他曾經委託我們調查他的兒子比利・席格的行蹤，我們已經回報，並且結案。但是，比利・席格先生並沒有回家，反而被列為迪克・莫登命案的重要關係人。保羅・席格先生命令我們必須早在警方找到他之前找到他，被捕和自首有很大的差別。」

迪克・莫登命案？會不會是「偉特・諾瓦克」。不，時間不對，我鬆了一口氣。

費雪先生做了個「請」的手勢，於是保羅・席格開始說話。

昨天的晚餐時刻，手機鈴聲把我美好的用餐氣氛破壞了。

「席格先生。」

「是的！」

「葛玲，我是葛玲。」

我聽出她的聲音正劇烈地顫抖，或許握住話筒的手也在顫抖，所以聲波無法集中，時遠時近，聽不清楚。

「不好了！不好了！」說到這裡，她轉為哭泣。

「冷靜一點，並且把事情說清楚，我才能幫助妳。」

葛玲受到我的影響，顯得冷靜許多，說：「我今天參加一個聚會，回家的時候，發現廚房亮著燈，以為比利回來。我迫不及待衝過去一看，沒想到地上躺了具屍體。我還沒看他的臉，從身形和穿著判斷，應該不是比利。我鬆了一口氣，鼓起勇氣去辨識，是個不認識的人。我不知如何是好，又不敢報警，我怕萬一比利是殺人兇手。最後我想到了你，現在只有你能幫助我。」

「我立刻過去。」

葛玲住在希爾斯堡，估計大概要半小時的車程。茲事體大，我決定要自己開車。按掉手機之前，我頻頻叮嚀葛玲，不要亂動，以免破壞現場，同時教她一些法律常識。

我比估計的半小時多了十分鐘。葛玲住的西班牙平房式的建築，在月光下呈現出象牙白的光澤，朱紅色的屋頂令人聯想到淋在香草冰淇淋上面的草莓糖漿。

當我一停好車時，葛玲就開門迎接。她雖然濃裝豔抹，可是掩不住驚慌的神色。當我伸出手，她整個人就跌入我的懷裡。我先輕聲安慰她，然後扶著她進入屋內。

以上的講述讓我想起了麗河，我們當時的狀況似乎是如出一轍，只是他們發現的屍體是真實的，我們的卻是一團謎。因此，當保羅・席格講到這裡，我不由得停止記錄，深深看了他一眼。沒想到對方也正深深地看著我。我們互視幾秒鐘，他將頭轉向費雪先生，繼續陳述。

屋子很亮，葛玲把所有的燈都打開。我直接問她屍體在哪裡，她指示廚房的方向，我就快步走了進去。

死者是迪克‧莫登，我以前的員工。他雙手摀著胸口，側臥在地。

我陪著葛玲，直到警察來臨。當鑑識課的人陸陸續續到達時，我和葛玲被分開訊問，並做了筆錄。折騰到凌晨，屍體才被運走，所有的刑事過程才告一段落。

我的平板有來訊，我一點打開檔案，有數張迪克‧莫登被殺的照片。顯然是保羅‧席格在警方來臨之前，用手機拍下來，傳給費雪先生，費雪先生再傳給我。我仔細看了又看，很多特徵我記憶中以及麗河所形容「偉特‧諾瓦克」不一樣。所以，我猜想應該是不同人，然而應該鬆一口氣的心情並沒有在我的身上發生。我突發奇想，如果麗河有保羅‧席格的百分之一的冷靜和機智，「偉特‧諾瓦克」的生死之謎就不必費心猜測了。

另外，費雪先生傳來一張駕照，上頭的照片是一個頭髮梳得很整齊，濃眉大眼的中年人，姓名是迪克‧莫登，年齡四十二歲。顯然就是死者的身分。

保羅‧席格的陳述告一段落，費雪先生咳了一聲，引起我的注意，然後說著：「有關席格先生的公子的離家出走，希望我們提供他想知道的最新狀況。」

「最新狀況？」我一時之間尚未進入狀況。

「對不起，那是費雪先生的想法。我要你把比利帶到我面前來。」

保羅‧席格的話聲才了，就展露出一絲和他外表完全不搭的猥瑣笑容，那笑容比他凌厲的語氣更令人心虛害怕。他接著又說：「聽說你認識一個風騷女人，她是我的媳婦。我不希望她繼續用那種方式，委託你找回她的丈夫。」

我提高聲調，說：「席格先生，我完全不知道你在說什麼。」

「不要告訴我你不認識葛玲。」

「葛玲？」我假裝一時無法會意。

費雪先生用責備的語氣說：「葛玲女士曾經是是我們的委託人，那個案子是你經手的。葛玲是保羅席・格先生的媳婦。」

「喔！」我終於瞭解保羅・席格注視我的眼神中的意義，有些心虛地解釋：「我和葛玲……你的媳婦只是邂逅，我想你也曾年輕過，應該瞭解那是怎麼一回事。至於你所提及的，完全沒有的事。我聽說令郎失蹤，但您的媳婦沒有委託我。」

保羅・席格在費雪先生驚訝的表情前，再一次展露猥瑣的笑容，讓我明白到他連細節都知道了，可能包括我和葛玲到摩鐵開房間。葛玲不可能說，所以一定就是那個司機透露的口風了！事實就是事實，所以我不再多言辯解。

「我覺得你的理論也是滿奇怪的，你不是來自一個遵守倫理道德的亞洲國家嗎？虧你說得出來，『你的媳婦』，『媳婦』在法律上的說詞是我兒子的妻子，是一個已婚女子。」

我自知理虧，以低頭傳達歉意和意思意思的羞恥心。

「算了吧！」他揮揮手，好像是對一隻比貓狗還低等的動物似地說：「所以，你不會繼續對她糾纏不清？」

聽了我的保證之後，他又緊追著問道：「萬一反過來，她對你糾纏不清呢？」

「我會見機行事。」

「什麼意思？」

「假如她真的愛我的話，而我也愛她的話。」我學習他的笑容，算是一種報復吧！然後違背良心又強詞奪理地說：「我說的是假設語氣，所以凡事就順其自然吧！至少，目前我並未陷入情網。一夜風流並不代表一見鍾情，如果令公子要對我採取法律訴求，我會接受法律制裁。畢竟當時你的媳婦並沒有帶著婚戒，也沒有明確地表明她的已婚身分。」

我猜想深懂法律的保羅‧席格應該聽出我的弦外之音，他嘆了一口氣。顯然，他的權威無法運用在處理男女關係之上，真是應驗了中國的那句諺語：「清官難斷家務事。」不過，他是清官嗎？

費雪先生企圖把僵化的空氣緩和下來，說：「我們談公事吧！」

「請您另找他人吧！」說完，我站起來。

「不可以這樣子！」聽到費雪先生動氣的聲音，我乖乖地坐回原位。

「我很抱歉，黃先生。」席格先生微微垂下臉龐，至少釋出善意地說：「我派人跟蹤我的媳婦，是出自於關心，她是個好女孩。我想聘請你，乃是費雪先生的推薦。我不相信你的能力，但相信你能夠保密，因為十字星企業已經不容許再有一絲絲醜聞的侵襲。」

派人跟蹤？保羅‧席格的說詞和我的想法有很大的出入，可是我沒時間去追究。只能依照常例，專心在平板上記錄，卻被費雪先生的眼神和席格的手勢阻止。

「以下是我的私事，純粹閒聊，不要列入紀錄。先讓我細說從頭——家父因為做生意賺了些錢，期間由於涉入幫派和政治，所以有了種種醜聞。不可否認，部分屬實。當我大學畢業，接手以上的事業，我就盡量往正途求發展，並力圖洗刷過去不良的形象。這種做法為家父和部分老幹部所不容，於是我就自立門戶，創立了十字星企業，主要以醫藥研究和推廣健康概念為主。」

保羅・席格望著我，說：「你是學生命科學的，聽說曾經在高知名度的生技公司工作過！我們十字星企業是專門尋找有潛力的中小型實驗室，評估他們的研究，一般是通過動物實驗或初期人體臨床試驗。我們買下的他們的專利，或是和他們合作，取得ＦＤＡ「美國食品藥物管理局」核准後再上市。雖然大部分都失敗，但只要幾件成功，利潤還是很可觀。」

保羅・席格說到這裡，並沒有禮貌性地徵求我們的同意，就自顧自地從懷中取出一支雪茄，然後旁若無人地吞雲吐霧起來。

我發現眼前的老人像陽光下的雪人，慢慢融化，現出醜陋的骨架。當保羅・席格閉口，一時之間，三人之間就陷入一段長久的沉默。費雪先生保持沉默，顯然已經退居幕後。躍居會議主持人的我必須機制應對，以便打破尷尬的場面。

「葛玲說你是一個很厲害的商人，每年從投資獲利可觀。」

「看來她對你說了不少話。」他的眼光忽然又銳利起來。

「可是她沒有說明你的身分，否則我也不敢和她多說一句話。」

保羅・席格不知道想到什麼，收起銳利的眼神，有點不知所云地瞪我一眼，說：「如果是這樣，你未免太沒種了。」

「你認為比利是兇手嗎？」

「感性方面，我認為不可能。理性方面，我認為可能。」他忽然嘆氣一聲，說：「抱歉，我說反了。感性方面，我認為可能。理性方面，我認為不可能。不必管他，讓警方處理吧！」

一直保持沉默的費雪先生，開口說話了：「恕我多言，我覺得比利的離家出走和他尋找童年記憶有關吧！」

保羅・席格站起來，對費雪先生說：「你對我家的事，應該有部分深度的瞭解。你知道我不想談那事情，尤其是我所愛的妻子過世之後。所以，你可以問任何人、從別的地方取得資訊。但是，千萬不要從我口中套問，那是我的規則。最後，不管怎樣，萬事拜託。」

他們握手之後，保羅・席格伸出手來，對我說：「我認為你可以完成任務，而且時間比我估計的還短。」

「我會盡力而為。」我一面握住他的手，一面提出我的顧慮，說：「萬一他不跟著我去……」

我立刻接受到對費雪先生責備的眼神，趕緊堅定地再說一遍：「沒問題，我會盡力而為。」

費雪先生送他出去，我則留在辦公室。清風從窗外輕輕吹來，卻吹不散那股濃郁的雪茄香。雖然氣味不錯，但是，卻令我特別反感，到底是為什麼呢？針對保羅・席格這個人嗎？或許吧！

我坐回自己的位子，望著窗外的金門大橋發呆時，費雪先生從他的辦公室走出來。

「我已經決定將比利・席格的失蹤案從高德先生的手中收回來，我會把工作指令和相關資料寄給你。從高德先生的報告中，有幾個和比利失蹤有關的人，我想這應該會提供某種層面的聯想，對不對？記住，我說的是聯想，並沒有肯定地說是關聯。」

「瞭解。」

「或許我們不要把事情想得那麼複雜，你照章行事即可。還有千萬不要深度介入迪克・莫登命案。我知道保羅・席格和迪克・莫登是舊識，他也知道我知道他們之間的恩恩怨怨。但是，他不明說，可能不想讓你知道太多。既然和我們的案子無關，你就不要當一回事，更不要深入調查。做好你本分的事情就好。」

「是！」

「有關高德先生的行程表，你就跟威靈頓太太複製一份。喔！順便提起，高德先生是一位非常優秀的私家偵探，曾經是我工作上的夥伴，如今是我們非常得力的外包商。利用這個機會，你們見個面，互相認識認識，將來合作的機會非常多，你會受益良多。」

「好的！」

「我和高德先生通過電話，他認為比利・席格很可能會出現在他的姑媽凱西・史密斯的住處。所以，當你去拜訪凱西・史密斯時，你最好坦誠的告訴她，你是席格先生的委託人，希望她提供比利的下落。如果她知道下落最好，否則探探她們的口風，說不定有跡可循。我再重申一次，千萬千萬不要介入迪克・莫登命案。最後，祝你辦案成功。」

「謝謝！費雪先生。」

「萬一他不跟著你回去見保羅・席格先生，你就通知我一聲，我會告訴你怎麼做。」

「是的，我瞭解。」

我將費雪先生的交代，清楚地記錄在平板上，包括他臨時想起的幾招應對之道。當威靈頓太太將高德先生的檔案傳給我時，她也安排我和高德先生，以及凱西・史密斯見面的時間地點。

我對於高德先生的身家資料並不感到興趣，所以我沒有開啟那一份檔案。事後，我非常後悔。

第七章　高德先生的調查

大松樹對身旁的小松樹說話，我整天保護你；
使你不受一絲寒風的吹襲，一點雨水的潑淋，
為什麼你還是這樣地憔悴？
小松樹悲哀地回答，因為你遮斷了最重要的陽光。

舊金山市立精神病院心理分析科的李丹醫師說：當過多的愛成了負擔，那麼就不是愛了。

淡金色的沙地在午後陽光的柔懷中，顯得溫柔平靜。幾棵棕櫚樹動也不動，好像是被放置在藍色看板下的盆栽，也看不到影子。金島飯店就在公路旁，從招牌的調調看來，似乎不很高級。雖然號稱是隱密性十足、高科技管理的自助式飯店。

當我停好車，打開車門，有個穿著暴露、帶了個亮晶晶大耳環的女郎正從飯店的大門，扭著整型過的大奶子和屁股走出來，一看就知道是個低價的流鶯。她向我逼近，我裝著沒看見她挑逗的肢體語言，不動聲色地避開，迅速閃進大門。一樓的販賣機旁邊，站著三個黑人，六隻眼睛陰森森地瞅著我，沒有出聲，也沒有阻止我。我目不斜視地往二樓走去。

二〇三室的門鈴被我按響，和弦的聲音很好聽。等了幾秒鐘，當我準備再按一次時，一雙疑惑的大眼睛便在門後出現。是個起碼從五十歲起跳的女子，包著深紅色的長袍，有一張擦得雪白的臉。畫出來的大眼睛加上嚇人長度的假睫毛，除了還能爭一席之地的紅唇，其他的五官幾乎銷聲匿跡。濃密的紅色假髮，盤旋在女子的頭頂。垂下來的髮絲就像幾條大小不一的蛇，沿著她的下巴和脖子垂到胸口，強烈地引誘我去探索長袍內的裸體。

「費雪偵探社的『狂先生』嗎？」我懶得和老外糾正發音，除非對方是個辣妹。

「是的，我和高德先生有約。」

「我就是高德先生，你可以叫我蜜娜。」

我在美國多年，什麼場面沒見過，但這樣的見面方式還是有點驚嚇。我腦海浮現費雪先生冷靜的眼神，還有站在一邊掩著嘴、吃吃笑個不停的威靈頓太太。

「高……蜜娜，難道不該請我進去嗎？」

我第一次面對變裝皇后，有點不知所措，甚至胡思亂想，萬一「他」對我……。為了避免不必要的困擾，我就把「他」定義成她吧！

「喔，太對不起了，每當我看到帥哥就意亂情迷。請進、請進。」

我聳一聳肩，心不甘情不願地被尊為上賓。她揮動右手，意思要我自己找地方坐下來。其實沒什麼地方好找，因為只有一把椅子。她從冰箱拿出一瓶水，然後倒一杯給我。我雖然口渴，卻不想喝。

當她背著我時，我便瞧著她的背影。她有個翹臀，和我公寓裡的小茶几差不多大，上面放一隻小花瓶剛剛好。她也為自己倒了一杯，不過是杯酒。

「狂先生……」

「我不是瘋狂先生，我姓黃。」我有點受不了，不耐煩地矯正她的發音。

「汪……」她因為自己不正確的發音而吃吃地笑了起來。

「聽起來很好玩，是不是？實際上那也是一種顏色。」

我想這是一個很好的開始，所以應該有一個很好的結束。經過我的解釋，蜜娜馬上表示「黃」是她最喜愛的顏色，並說明原因——溫馨溫暖，彷彿陽光和奶油餅乾。

「我是費雪先生簽約的外包商，每半年都經過考核，而且始終如一的A級。當他發布尋找比利・席格的啟事時，我是第一個回應估價，並立刻得標。這是我調查的資料，轉交給你做參考。」

她喝完了最後一口，然後從一堆雜物堆中抽出一個牛皮紙袋。我接過來，取出所有的文件。看來，眼前的高德先生是個走老派路線的偵探，因為我以為她會像費雪先生或其他年輕偵探遞給我一個隨身碟或是電子檔案。

我打開牛皮紙袋，抽出資料。依照費雪偵探社的文件格式，第一頁是標明專案的名稱編號、負責偵探等資料。以便威靈頓太太歸類存檔。第二頁則是摘要和比利・席格的照片。他是個纖細英俊的年輕男子，緊抿的嘴唇和睜大的雙眼，掩不住神經質的個性。

其他還有影印出來的照片，其中有幾張強烈地吸引住我的目光。照片中比利和迪克・莫登似乎在爭吵，他們旁邊有一個身材嬌小玲瓏的女孩。我從平板調出從保羅・席格在現場的所拍的照片來對照。不可思議地，迪克・莫登的穿著和被殺時的穿著一模一樣，背景是在比利和葛玲的家中，也就是陳屍之處。除此之外，還有其他的地點，顯然蜜娜是一個非常專業而盡責的私家偵探。

我用眼神詢問坐在床上的蜜娜，態度轉向嚴肅。她聳聳肩，這個動作使她的長袍鬆開，她故作嬌羞將它拉緊。

「這是什麼時候拍的？」

「昨天下午，嚴格來說，迪克被殺之前幾個鐘頭吧！」她看了我一眼：「你是不是認為，假如我多待幾個鐘頭，不就可以阻止命案的發生嗎？不，這是命運，我無能為力。」

不知為什麼，我感覺蜜娜無所謂的表情下，隱藏著濃濃的悲哀。

「能不能告訴我，他們當天的行程？」

「迪克和莉莉——也就是照片中的女孩離開電報山後，到保羅・席格的舊房子和比利相會。」蜜娜看出我的不信任，解釋說：「我認識迪克，他親口告訴我，他來到舊金山。」

身為菜菜鳥偵探不可以探聽資深偵探的辦案經過，但我是經過費雪先生的授意，自無不可。至於，如果問到如何找到當事人，或如何取得情報，那就有違職業道德。但是，蜜娜似乎不太介意，或許是她的自傲，或許是對費雪先生的尊敬，但絕對不是因為想幫助我。

依照蜜娜的形容，我很驚訝「保羅・席格的舊房子」竟然是「偉特・諾瓦克」和麗河約會，也是「偉特・諾瓦克」屍體失蹤的地點。我記得我曾經搜尋「偉特・諾瓦克」邀約麗河的地點，Google出現了幾筆資料，包括曾經是多年前政商名流的社交場所，也是傳聞中的色情俱樂部。還有在警方網站上，被列為「機密」，也就是曾經是犯罪現場或發生重大事故的地點。我如今被費雪先生任命，理所當然可以利用偵探社的電腦系統去一窺究竟。

「他們在那裡發生了什麼事？」

「我怎麼會知道，我只負責跟蹤。那是一間大房子，很不容易接近，只好竭盡所能地拍照存證。我知道他們讓莉莉留在客廳，兩個男人上樓去了。」

「後來呢？」

「後來他們一夥就去了比利的家，我的任務完成。」

「後來就發生了命案。」

「是的！」蜜娜一副事不關己的樣子，但狠狠地喝乾了酒，並且打算再倒一杯。

「他們發生了什麼事？」我再重複一遍問題。

「我不知道！」蜜娜瞪著我，放棄了再倒一杯的打算，接著說：「再下來就是你的事了。依照規定，我不插手、不干涉。」

「別這樣嘛，蜜娜。」

我想施展我的男性魅力，可是一想到她是「他」……真的，沒辦法。

「這個嘛！總要給些錢吧！」

「妳要多少？」

「大約五百元，如果我少拿了，同行會看不起我。」

「我沒那麼多錢。何況，如果有的話，我也不會給。」

她的眼光與我的接觸一下下，說：「那就談談免費的吧！我想這是費雪先生要你親自跑一趟的目的吧！他要你瞭解我，或許以後我們有很多合作的機會。」

我有一種預感，蜜娜將要傾吐她的心事。因為不這樣做，她會崩潰。

她從床邊挑起一件外套披上，好像接下來的話題讓她感到寒冷。我瞭解她的感受，隨著她的動作，慢慢挺直身軀。

「四十二年前的一個秋夜，位於長鍋柄公園東側的聖光孤兒院的門口，被人放置了一台嬰兒車。嬰兒車裡面，用毛巾被包裹著一個可愛的男嬰。男嬰自己玩著自己的手，不知道自己已經被世界上最親的人拋棄了。」蜜娜的眼神開始濕潤，語氣飄忽地說：「時間一點一滴地過去，夜風也慢慢變冷。嬰兒車裡的男嬰不知道是肚子餓了，或是意識到自己既將面臨孤單愁苦的人生，大聲哭號起來。」

我的身體不知不覺往前傾斜，用手托住下巴。

「哭號的聲音驚動了正在禱告的我們，我率先跑出來一窺究竟。孤兒院的莫登院長是一個信仰很美好的修女，她的一生都奉獻給需要愛和幫助的人。當她被告知的時候，男嬰已經被安撫了。但是，紅咚咚的臉蛋，布滿了淚水的痕跡。莫登院長溫柔地把嬰兒抱在懷抱裡，對他微笑、對他說話。小嬰孩彷彿聽得懂莫登院長在說什麼，也咿咿呀呀地回應，同時展露出天真爛漫的笑容。嬰兒車裡面沒有留下任何有關男嬰的身世資料。很顯然地，男嬰的降臨對於他的母親而言，不是禮物，而是麻煩。」

「那個男嬰就是迪克・莫登？」

「好了！多年前的故事說完了，回歸幾天前的故事。」她誇張地比著手勢、揚眉瞪眼地說：「幾天前，他出獄後的隔天就認識了一個名字叫做莉莉的女孩，也就是照片中的女孩。當他們來到舊金山，為了某些原因就落腳下來。不要問我什麼原因，也不要問我他們如何生活，莉莉是一台美麗的鈔票製造機。」

「他告訴妳？」我做了一個打電話的手勢，蜜娜點點頭。

她問我要不要多加點水，我不理她，繼續問：「後來呢？」

「後來，迪克帶著莉莉去找一個有錢的老頭。」

「妳知道那個老頭是誰？」

「迪克稱呼他史密斯先生。」

我想起費雪先生說過的話，暗暗做了個深呼吸，再度確認地問：「迪克和保羅•席格以前就認識？」

「是的，很久以前就認識。」蜜娜繼續說：「迪克從老頭那裡撈不到好處，就從另一個老女人下手。老女人大手筆地給他五百元，哈哈，這也為什麼我剛才要跟你收費五百元，因為意義相同。迪克站在一些老女人面前，總是顯得非常有魅力。關於魅力，我真是甘拜下風。」

「妳一定知道她是誰。」

「史密斯夫人，我聽到迪克這樣稱呼她。但是，背後卻叫她婊子凱西。」

「妳怎麼會知道這麼多？」關於這個疑惑，我終於忍不住發問。

「就憑我和迪克的關係，還有我的工作需求。」蜜娜不耐煩地揮揮手，說：「他沒有說為什麼要去找保羅・席格和凱西・史密斯，我也不知道他為何和比利・席格混在一起。我是在調查比利的行蹤，才知道迪克跟他在一起。」

「迪克沒有跟妳說他為何去找比利，或是比利去找他？」

「沒有，我也不想知道。我為他做的一切，已經讓我身心交瘁。他要飛蛾撲火，我也無力阻擋。他這樣的下場，我也只能三聲無奈。」

我覺得蜜娜對迪克有很深的感情、很深的無奈。

「迪克死了，兇嫌是比利，或是那個名字叫做莉莉的女孩。」

「我不知道，也不想知道。」

「那麼，我們後會有期。」

我迫不及待想離開這裡，當我走到門邊時，被蜜娜叫住，我竟然忘記取走牛皮紙袋。我回頭望望那張臉，發現她有一段光滑的脖子。此時陽光斜照，天光打在蜜娜的臉上，竟然呈現一種宛如大地之母般的智慧光華。

「最後一個問題，妳為什麼自稱高德先生？」

「高德先生是我的外號。我們這一行重男輕女，算是一種行銷手法吧！」

「瞭解。」我發現我真是一個蠢蛋，還好沒有脫口說出：原來妳是個真正的女人。

「好了，你可以走了。」

我後悔我已經站在門外了，其實我還有很多問題想問她，關於迪克・莫登。

我離開金島飯店時，還在考慮是否委託高德先生幫我調查「偉特」的生死之謎。回頭一看那幾棵棕櫚樹，依然動也不動，只是它們的影子已經被夕陽拉得好長、好長。

我隨意吃完晚餐，然後直接回家，因為我想在家裡處理比利・席格的案子。交通如常擁擠，心情也如常急躁。當我停好車，欲進入我的公寓時，葛玲竟站在門口等我。

睽別多時的她解釋她如何知道我的住所，如何需要再見我一次，如何知道她的公公委託我尋找她的丈夫。但是，她必須要見我一面，當面說清楚。她怕我被她的公公誤導。我默默地聽著，夕陽向晚，黃昏黯淡。

我不想責怪她為何沒有事前聯絡我，或許她已經把我的聯絡電話刪除掉了。

「我雖然口口聲聲說可以一個人留在家裡，但真的沒辦法。不是因為家中曾經躺了一具屍體，而是我感覺已經失去了比利、失去了家庭，還有我的尊嚴。我開著車到處跑，不知道跑了多少地方。我被警察攔了下來，開了罰單。我到咖啡廳喝咖啡，卻被趕出來，因為我在眾目睽睽之下睡著了。我到公園去，那些無聊男子又不放過我。我無處可去，只好來找你，你是我現在唯一的依靠。」

站在門口的葛玲顯得悽悽楚楚，我見猶憐。先解決燃眉之急，不管保羅・席格的威脅或費雪先生的警告，我讓她進入屋子，同時竭盡所能地讓她感到安全和舒適。我很慶幸麗河的離去時，替我把屋子打掃得乾乾淨淨，只是她遺留下來的氣息，似乎無所不在。

「妳在這裡等了多久？」

「就相對論而言，並沒有多久。」

當我聽到「相對論」這個字詞，不由得讓我想起比利，他是否往天涯單飛，還是獨自走在歸鄉之路。

我弄了一杯熱咖啡給她，看她沉默不語，便隨口問道：「我們來談談比利好嗎？或許對整個命案的理解會有些幫助。」

「你要我談哪一方面？」

「隨便。任何事情都可以談。」

我不想提起蜜娜的調查，還有我看過比利的獨照，比利和迪克・莫登，以及莉莉在保羅・席格的舊房子，還有在她家中的合照。想起那個充滿陰濕憂鬱的年輕男人，我的心中一陣迷惘。

我們隨意聊著，但話題不偏離比利。

舉例，如同我問道：「他有什麼嗜好？」

「就和其他的老外一樣，喜歡社交活動……其實我也不是很瞭解。」

隨著話題的深入，葛玲愈來愈像個答不出試題的小學生，顯得手足無措的神態。

「比利曾經害怕過什麼嗎？」

「他害怕人們，非常害怕，有異常的幻覺。其他的人也怕他，因為其他的人並不知道他心裡在想什麼。」

「具體的例子？」

「黑夜的森林、幽暗的房間、死人、閃電雷聲、很多很多……」

「死人？」

「比利從來不參加喪禮，甚至追思禮拜或一些懷念死者的聚會。」葛玲想了一想，慎重其事地追加一句：「還有貓頭鷹。」

「貓頭鷹？」

「他對貓頭鷹有異常的幻覺。我們新婚的時候，曾經到遊樂園，因為好玩又好奇，曾經去吉普賽女人的攤位。比利從水晶球看見貓頭鷹，發出可怕的叫聲，把我和吉普賽女人嚇死了。從此，比利很明確地害怕和厭惡貓頭鷹。」

「妳還好嗎？妳臉色看起來很不好。」

「談這種事情，會好嗎？總之，整個事件都變成支離破碎，把我搞得身心俱疲。」

她環視我的房間，好像地震正在把牆壁裂開，而她毫無選擇地投身而入。

「保羅並不是比利的生父。比利曾經說過：保羅一直想把那個角色扮演好，卻又不想進入比利的內心的世界。我看比利的樣子，心中感到可笑，有些難過得可笑，我想你懂我的意思。」

我無言以對，只能弄出幾個無意義的單音。葛玲視線平平地注視著我，聲調平平地說：「自從比利自認為知道自己的身世之後，就不斷想追尋過去。後來放棄了，安安分分在他的爸爸公司工作。但是，我知道在他心靈深處，還是有些渴望。我說過他視我為他母親的替身，想從我身上尋回不曾擁有的母愛，但我做不到。他偶而會在外面尋找他的心靈導師，想尋回失去的記憶。」

「心靈導師？」

她的眼光逐漸銳利起來，聲音也逐漸高亢起來：「尤其是最近一個月，不知何故，他忽然忙碌起來，時常不回家。我起初不以為意，當二十天前，他的主管打電話來問我行蹤時，我才知道他常常曠職。他沒有離家出走，我發現他會趁我不在家的時候回來，吃吃東西或拿些換洗的衣物。我沒辦法不讓席格先生知道，席格先生就委託費雪先生調查。但是，迪克・莫登死了，比利還成了嫌疑犯。」

「迪克・莫登是比利的心靈導師之一？」

「你把我要問你的事全攪亂了，我擔心的是比利是否殺人，他是我的丈夫，至於其他，我沒有任何心思。」

「如果妳想要知道真相，就要面對現實。妳何時知道比利是保羅的繼子？」

「婚後沒多久，其實我們結婚也沒有多久。關於比利的身世，有太多不同的版本。」

「妳認為他的離家出走和這件事有關嗎？」其實我也不懂我說的這件事到底是哪一件事。

葛玲再次搖搖頭，神情疲憊地說：「我不是很清楚，好像和迪克・莫登有關。我猜測他是利用迪克・莫登去走一趟童年之旅。換句話說，他想利用迪克喚醒他小時候的記憶。」

「小時候的記憶？未免太籠統了吧！我對於小時候的記憶也是殘缺不全。」

「我猜是和他的母親的死亡有關。事實如何，我不知道，我是自己亂猜的。」

我不想追根究柢，改變話題，說：「難道他的養父，席格先生不會出面阻止？」

「多多少少吧！表面上看不出來。保羅是一個冷靜的男人」

「冷靜」應該是「冷酷」的保守說法吧！我猜。

我想起我和葛玲在傷心碧酒店初相逢時，她對於保羅・席格的評價。我不想讓葛玲知道，她的公公已經知道我們之間的風流韻事，那會徒增她的困擾。

「妳認為他會和別的女人交往嗎？」雖然這是一個再普通不過的問題，但我卻感覺難以啟齒，因為我想起了莉莉。

「我不想知道。」

「比利以前應該有去做DNA鑑定吧？」

「或許去過，我不知道。你看。」葛玲又露出諷刺的笑容，從皮包中拿出一張紙，用自暴自棄的態度遞給我。

那是一張診斷書，都是我不認識的專有名詞。不過，從李丹博士的簽名和印有舊金山市立精神病院心理分析科主任的頭銜，我猜測比利是因為精神官能疾病而去就診。

葛玲似乎看出我的迷惑，有點難以啟齒地說：「比利曾經告訴我——當我們的感情還好的時候，他記不起五歲以前的事情。當他的姑媽忽然跟他說他不是保羅親生的，根本不以為意。後來，他發現了保羅有不為人知的癖好時，心態開始產生變化。比利的記憶慢慢恢復起來，他的父母永遠都是在吵架後和好，和好之後再次吵架。但是，經過那麼長的時間，他也無法確認那些是真實，或是自己幻想出來的畫面。依據比利殘存的回憶，他的母親對待他一點都不像親生骨肉。身為女人的我，直覺她似乎有不得已的苦衷，刻意疏遠比利，讓保羅去彌補。後來，比利開始主動和凱西接近。可是凱西或許被保羅警告，不願多事。為了想恢復記憶，他偷偷去舊金山市立精神病院尋找協助，並且不准我跟任何人提起。」

我從葛玲的長篇大論挑出一句讓我感興趣的片段，就是保羅・席格有什麼怪癖時，葛玲的雙頰紅起來，緊閉雙唇不語。

我回想照片中那一具屍體，聯想到另外那些因為仇恨而死去的人。忽然，有種羞恥和愧恨的感覺流遍我心，那種感覺不全然是對死亡的傷懷，彷彿生命被翻翻攪攪時，出現一些醜陋的泡沫。

「可以談談昨夜的命案嗎？」

「當然可以。」

葛玲的陳述比保羅．席格多了一些，也少了一些。不過，大致而言沒有多大的差別。我的想像從屍體開始，然後去研究他闖入這間屋子的路線。陳屍之處，有一扇玻璃門，留下縫隙，風吹進來，輕輕搖動紗簾。外面是個不算大的游泳池，月光將波影投映到微暗的牆壁上，形成有趣而不規則的圖案。

我想起費雪先生的話，於是問她：「妳確定不認識那個死者？迪克．莫登。」

「我發誓，不認識。」

我想追問，可是又想到費雪先生的警告。屋內一片寂靜，空氣開始微妙地變化。我靠近她，抱住她，內心的欲望冉冉升起……開始用眼神詢問她的意願……

「我累了！讓我睡幾分鐘，好嗎？」

「請便！」

她真的累了，一下子就睡著，而我也有同樣的情況。

一覺醒來，她還在我的身畔，並沒像前次那樣不告而別。

當葛玲輕柔地抱住我，我覺得有些惘然。然後她的指尖在我的胸膛上寫字，我不知她寫些什麼，也不想知道。不知道是不是因為她曾經的冷淡，還是麗河遺留下來的氣味，我毫無依戀地起床。

「我該去工作了。」

「這個時候？」

我不想解釋這是我和費雪先生的協議，因為我要抽出時間處理一些私事，所以我可以利用晚上的時間去偵探社加班。

我拍了拍她的背，輕聲說：「再睡一會兒吧！自己弄點吃的，想留多久就留多久。需要我幫忙的話，請撥我的手機，千萬不要客氣。」

「你剛才不是問我，比利曾經害怕過什麼嗎？我忽然想起來，他非常非常厭惡紫色。」

葛玲抱住我，並且給我一個吻。她的唇雖然冰冷，雙手雖然虛弱，可是我能領略其中的意義。她信任我，她需要我的保護。

我沒忘記麗河，我在停車場先打電話給她。幾句寒暄，她安然無恙，畢竟沒事就是好事，No news is good news。她重複一遍說，那一天簡直像一個噩夢。我笑著說，對我而言是個香豔的美夢。當她的聲音在手機的彼端靜下來，我一時無言，後悔自己的孟浪。

午夜的費雪偵探社，靜得連一根針掉下來都可以聽見。

打開電腦，把我下午和高德先生的對談寫下來，寄給費雪先生。

蜜娜拍的照片畫質雖然不佳，但還是很清楚。我掃描之後，用附檔和報告一起送出去，很快就收到費雪先生的回覆。

以我和費雪先生這段不算短的相處時光，如果他「立即回覆」時，表示他十分重視這個案子，並且專心思考。費雪先生的來訊，下令我明天立刻直接去找凱西・史密斯。附件是凱西・史密斯的個人資料。因為高德先生的個案讓我鬧了一個大笑話，於是我不得不打開檔案。內容只是一般個資，我不感興趣。打開另一個檔案，省略前面的陳述，直接進入重點。

「……，她是保羅・席格的妹妹，也是個專門畫令人心理產生恐懼之情境的畫家。由於太詭異、太另類了，所以小有名氣。不過，最近完全銷聲匿跡。凱西把比利尋找童年記憶的消息傳給迪克，還把她所知道的行蹤告訴迪克。迪克再把消息透露給比利。我推想比利的離家出走是去找迪克，不知是凱西的暗示還是比利的自我幻想。他或許記憶起迪克曾經是弒母元兇，有關這件往事和本案無關，所以不多加陳述。」

我提出疑問：「你認為比利是兇手？」

費雪先生迅速回覆：「不無可能，可是僅限於可能。你忘記我跟你說過的話嗎？」

我應答了一聲，把平板放置一旁。迅速離開停車場，在夜色蒼茫中的舊金山街道穿梭。

聞名全球的舊金山纜車緩緩地從面前滑過，幾個打扮很前衛的年輕人懶懶地掛在上面，讓人很擔心他們隨時會從上面摔下來。每次開車經過畢萊街，我總愛用眼光去尋找金門大橋。有種感覺，如果看不見她的倩影，彷彿自己不是置身在舊金山。

第八章　克勞蒂・瓊絲小姐的童話莊園

冷冷清清，天空淋著雨；
我盼，有人敲窗，卻是陌生的風聲。
門外懸著一幅空白的地圖，
妳把我忘記，連我也把自己忘記了。
當我的影子隨流雲飄走時，
陽光開始燃燒。

舊金山市立精神病院心理分析科的李丹醫師說：有些自閉症或憂鬱症的患者，他們整顆心像燃燒般痛苦，卻沒有明豔的火光，也沒有熊熊的熱力。彷彿是燒著打濕的煤屑，只是一團團悶悶的濃煙，充塞在陰暗的心靈。

以前在台灣，對於舊金山有太多浪漫美麗的幻想，可是從來就沒想到會在這山城住下來。就像我從來沒有想過自己會從遺傳工程碩士，搖身變成一名私家偵探。或許是我的宿命，讓自己在人生之河中隨波逐流吧！

說真的，剎那之間，我忘卻了任務在身，用那早已生鏽的喉嚨唱：「Without your sweet love, what would life can be……」

那是一首經典老歌，就是到現在，大家都還是很熟悉的英文歌曲〈Let it be me〉。大學時代，我曾經在公開場合唱給麗河聽，所謂的告白吧！事隔多年，如今的我想起來，面孔感覺一陣燥熱。

且說那一年的校園有著青青的酢醬草和龍舌蘭。其實，每年的校園都有著倨傲的龍舌蘭和謙遜的酢醬草。只是那年……回憶中的那年，走在校園，看來看去，都是這兩種植物，紛紛擾擾，擾擾紛紛……

記得我在校園的最後一天，我已遠離了那一排倨傲的龍舌蘭，步入布滿著酢醬草的小徑。然而，繞過古典華麗的體育館，一棟又一棟朦朧在黃昏裡的教學大樓，終於走到校園盡頭，驀然又是一排龍舌蘭，然後又是一地謙遜的酢醬草。彷彿人間無處不在的依戀，那樣地紛紛擾擾。

畢業後幾天，就在我搭上北上列車，離開民雄火車站的那一刻，曾經的錦瑟華年就永遠遺留在嘉義的天空。

如今我人在舊金山，意外重逢麗河，我們的人生將是如何的轉折？我們曾經是兩朵被命運之風吹在一起的雲，我們各自散去，如今又被吹再一起。我知道她並不愛我，就像從前。所以，我沒有期盼，也不強求。異地重逢，我不停回憶年輕的時光。記得當年西城楊柳弄春柔，猶憶多情曾為繫歸舟。如今韶華不為少年留，望著金門大橋下的流水，流不盡的惆悵。

我的車子經過一處高級社區。從亮眼的天空下，可以看到一片藍色結晶似的大海。我打開車窗，清風徐來，大自然的聲音也徐徐飄來，悠然地在耳畔漂浮。

從台灣來到舊金山，雖不敢說歷盡滄桑，但至少走過生命的波折。在台灣，我愛爬山，來到舊金山卻愛玩水。隨著年紀漸長，愈來愈愛大海的寬闊和包容。因此，我選擇大海是我將來的歸宿。或是化成一葉寂寞飄搖的水草，或是化成一尾不知道在尋覓什麼的小魚，或是化成一枚被遺忘在沙灘的貝殼，或是自由飛翔在天地之間的沙鷗，都是我樂意的選擇。

想著……想著……不知不覺就到達了聖荷西區。但是，依照GPS指示，就是找不到凱西・史密斯住的地方，因為很多路是禁止汽車進入。只見漢密爾頓山頂上的利克天文台時左時右地在我車窗前出現，想到目的地近在咫尺，卻又有遠在天邊之感。

好不容易來到凱西・史密斯的住所之前，又延誤了好幾十分鐘。當我到達時候，已經是晚上八點多。

我停好車子，觀察一下環境。那是棟對稱式的仿英國莊園的建築，在濃密的樹林裡。遠遠望去是淺黑色，近近一看是灰綠色，左邊有一個小圓塔。整個氛圍很有古典童話的味道，使人不禁猜想，裡面的女主人是豔光四射的皇后？或是法力無邊的巫婆？美麗純潔的公主是不是被囚禁在那個小圓塔裡面呢

以上的聯想，讓我想起不久以前在臉書上寫了一則有關美人魚遲暮的故事。

海中的人魚都不知道她到底是幾歲了，只知道她很老很老了。她是人魚中一則最淒美的傳說。聽說她在很年輕、很年輕的時候，背叛了人魚的禁令，愛上了人類。她為了人類

不惜向鬼巫婆出賣自己的舌頭，換來一雙美腿。但是，愛情是脆弱的，現實是殘酷的。當年輕的她無怨無悔地付出，卻發現了人類的自私自利。最後，只好選擇重回大海的懷抱。鬼巫婆不忍她溺斃，將她變成一小顆薔薇色的泡沫。

化成泡沫的她歷盡千辛萬苦，終於回到自己的故鄉。善良的人魚並不追究她的過去，也不嘲笑她淪落成一顆小小的泡沫。不但接納她，並且好心地幫助她心理與生理的重建，慢慢恢復成人魚的樣子。但是，她的心靈還是留著創傷，所以她孤獨地住在黑暗的洞窟裡。只有在月亮把大海照成銀色的深夜，她才會悠悠地游出海面，唱著悲傷的歌。每一條聽過她歌唱的人魚都哭了，他們的眼淚都是一串串的珍珠。

我覺得我也如老去的美人魚，孤獨地住在一個角落，默默地唱著人生之歌。至於多少人在聆聽，是否有掌聲響起，並不重要。重要的是每一個音符是否飽滿，每一段旋律是否精確，每一曲的感情是否認真。

我按門鈴，立刻響起一陣低沉的鐘聲。等了很久，才有人來開門。

開門的人是凱西·史密斯，和照片中的華麗精明，眼前的她看起來平淡無奇，而且蒼老許多。灰髮藍眼加上暗色系的服飾，古典的蕾絲花邊，讓我差點誤以為是古堡的管家。

「我是費雪偵探社的黃敏家，專程來拜訪妳。」

「我還以為費雪會親自來訪，沒想到派了個……如此年輕的亞洲人。」

「你的姪子比利，離家出走好幾天，而在他的家裡又發生一宗命案。警方將他列為嫌犯，可是他又遲遲不肯露面，他的家人很擔心。所以，我想來打聽打聽消息。」

「是席格先生請你來的嗎？」

我應該照著費雪先的指示，可是我卻偏偏回答說：「不是，比利的太太是我的朋友，我是基於朋友的立場所做的服務。」

「據我所知，貴社的威靈頓太太的說明，家兄委託費雪偵探社調查比利失蹤，你是個負責調查的幹員。不是嗎？為何你的說詞如此怪異？我就姑妄認定可能是你的英文表達能力不好，或是理解力欠佳。基於朋友的立場所做的事情是幫忙，不是服務。不過，我還是瞭解了。請進吧！」

她說著說著，警戒的神情開始有些微的放鬆。我不知道我一開始的自作主張是對是錯。不過事到如今，只好見機行事。

只見她挺起胸，做了個由於怠慢訪客而自覺不好意思的手勢。說：「我知道你是來確認比利的行蹤，可惜他還沒有現身。如果可能，我會盡全力幫忙。不管你是基於職業或是朋友的立場所做的事情到底是幫忙還是職責所在。」

「妳太客氣了，凱西・史密斯夫人。」

我發現對方是一個非常注意細節的女人，看來不好應付。

果然！我的稱呼令她不悅，彷彿勾起她不愉快的回憶。她糾正地說：「在畫壇上我一直都使用克勞蒂・瓊絲小姐這個名字，其他的早就不用了。」

我覺得眼前的老婦和號稱高德先生的蜜娜有些異曲同工之妙，便點頭為禮，恭敬地說：「久仰大名，我知道妳是個家喻戶曉的畫家。」

「總算你說了一句得體的話。不論生活或畫作，我都全心投入。」

我表示何不利用等待比利的時間，去參觀她的畫作。她嚴峻的神情略微鬆弛，點頭答應，領著我爬上半圓形的階梯，進入一間巨大的房間。

房間的牆壁掛滿了畫，地板上也有，大部分皆尚未裱框，有些細微的地方尚未完成，顏色也沒有上好。看起來，這位女畫家很有企圖心，似乎有意再創高峰。

「說真的，我深深愛上獨居的生活。有時候，我整晚畫畫，我的作品不需要陽光的潤飾。在意境方面，我所畫的東西並沒有反映任何的光線。」

我的專注取悅了她，開始一幅一幅地介紹。掛在牆上的畫，一律是大大小小、各式各樣、透露激烈痛苦的眼睛。它們似乎都呈現出嚴重的傷痕，還汩汩地流著各種顏色淚水，但獨獨缺少紅色的淚水。我想像她的人生應該是充滿痛苦和創傷。

「雖然如此，我的心靈充滿了希望和勵志。」

「很可惜，我不瞭解。」

「當你瞭解恐懼，就會瞭解我的畫作。當你瞭解我的畫作，你就會瞭解恐懼。」她的表情開始豐富起來，好像因良心的指責而縮成一團，說：「葛玲是否已經告訴你，有關比利的痛苦經歷？」

「不多，比利他到底人在哪裡呢？」

「他早上有跟我聯絡，可能正往這邊來吧！除非他有更佳的去處。」

「這是實情，還是妳的猜測？」

「他用手機跟我說，一定會來找我，但不確定時間。」她搖搖頭，說：「我的哥哥對於比利的事，一直不肯原諒我。」

「我對於比利發生了什麼事，感到好奇。」

「如果你是指迪克死在比利的家中，我什麼都不知道。」

「那何不找些妳知道的聊聊？我手邊也有些妳或許會感到興趣的話題。」

凱西顯然被我說服，讓我坐在靠窗邊，她自己依然站著。對我而言，她好像一幅以很多畫為背景的畫。

「我一直以來就痛恨保羅，所以懷著報復的心情跟比利透露他的身世。你知道嗎？這又不是什麼了不起的事情，比利早晚會知道。只是，當時的比利拒絕去相信。到底是不敢面對現實，或是害怕保羅會對他怎樣。我一生中很少後悔，唯獨那件事情，我仍然耿耿於懷。記得那是一個炎熱的午後，我裝著他已經知道真相，若無其事地跟他說出真相的時候，他似乎被嚇到，因為他的臉色忽然刷白。沉默一陣之後，不當一回事地繼續做他的事情，當時他在洗車。我還記得，他緊握的水管一時無法對準目標，水就這樣流著，像一條小河似地流到水溝。」

「當時他幾歲？」

「十年前的秋天，他十九歲。我記得那一天很熱，熱得像火爐。我也很熱，不只是天氣的熱，而是燃燒的怒火，我被保羅激怒。他破壞了父母對我的愛，搶走我應得的財產，還故意散布謠言說我想染指十字星企業，但事實並非如此。從此，除了必要的聚會，我盡量少和席格家族來往。」

「保羅說比利常去找你。」

「沒錯，比利和我有天生的緣分。當他那可憐的母親過世之後，我們的關係更密切。雖然我們根本沒有血緣關係，不、至少當時的比利認為我是他的親姑姑。後來，我們漸漸有了默契。這幾年來，絕口不提往事，只聊些近況，還有他的工作和朋友。」

「那麼，比利何時對自己失落的童年燃燒起好奇呢？」

眼前的女人忽然沉默下來，甚至把臉別向一邊去。

「比利，他是個什麼樣的男人？」我只好另創話題。

「他是一個離不開母親的男人。」她若有所思，幽幽地說：「他的母親過世後，他常常來找我，視我如母。可是，我拒絕當她母親的代替品。後來他結婚了，發現葛玲也當不了他的母親。可憐的比利，失去了小時候的記憶，我認為比利的失憶和他母親的死一定脫不了關係。」

「到底是怎麼一回事？」

「費雪先生是保羅的好朋友，他很清楚。」

「費雪先生不會跟我說這些。」

凱西停想了幾秒鐘後，說：「不過，我可以告訴你，令我生氣的是我哥哥非但不幫忙他恢復記憶，反而刻意隱瞞。是否為了要給比利一個嶄新的人生，或是別有用意，只有基督耶穌知道。」

「於是妳透過妳的方式讓他接受訊息，想要幫助他恢復記憶。」

「不，那是比利他個人一廂情願的想法。我只是跟比利說，迪克出獄了，他來找過我。比利便跟我要了迪克的手機號碼，就是這麼一回事。」

「所以，比利約迪克在保羅・席格的舊房子見面？」

「錯了，剛好相反。」

「迪克約比利在保羅・席格的舊房子見面，因為那個地方對於比利有重大的意義。」

「我懂了，協助比利恢復記憶。難道比利從來沒有去過那裡？保羅・席格的舊房子。」

「比利的母親就是死在那房子裡面，所以我哥哥就任其荒蕪。比利小時候就住在那裡，後來搬家，我哥哥本來就不願意他回顧過去。所以，我想後來比利應該沒有再去過。」

大概是回憶中的怒火再次燃燒，她的雙頰緋紅起來。或許是糾纏著其他情愫，我感覺眼前的女人比剛剛見面時激情複雜多了。看來她的哥哥一定傷她極深，事過多年，依然令她憤恨難消。凱西遷怒於我似地瞪視著我，強烈的情緒讓我彷彿看見她那憤怒的表象之後，以及恐懼的心靈中，有股噴泉，蘊藏著綿綿不盡的能量。不過，我的謙卑讓她冷靜下來。

「比利一定會倦鳥歸巢。我會說服他回家，不需要勞駕你。另外，有必要的話，我也會向警方說明。還有，我不相信比利會殺害迪克。」

「不好意思，我還有一些問題要請教妳，瓊斯小姐。」

「天哪！你只知道用些無聊的問題來煩我。」

「我也感到很煩。有些人不需要被問，就會滔滔不絕地說個沒完。然而，妳卻不是那種人。」我嘲諷地說：「妳是畫家，表達的方式讓我費解，甚至誤解。」

是不是因為保羅・席格的緣故，她特別討厭強勢和自以為是的男人，對於我的嘲諷，凱西開始用不信任的眼光瞪著我。

我避開她的眼光，轉移話題，實際上是切入話題地問：「那麼談談迪克・莫登。」

接下來的沉默間，我正眼直視凱西。這句話似乎又刺入了她的心靈，而且表現在她的臉色。我看見她感傷地垂下頭，彷彿死者就倒在她的腳前。我的聯想，或許凱西自認是慈悲憂傷的聖母，而迪克・莫登則是她懷中受難的基督耶穌。

「可憐的迪克，他沒有享受多少的人生，大部分的歲月都虛度在鐵窗之中。」

「當他來找妳時，妳害怕嗎？」

「一點也不。看到他，我覺得驚訝，卻不害怕。因為他比我更恨我的哥哥，我們是盟友，懂嗎？」

我緊緊繫住這條線索，表面上點頭同意，然後裝傻發問：「他要什麼？金錢嗎？」

她點點頭，說：「我無法給他太多。有段好長的日子，我都沒有賣畫，也沒有其他收入。」

「除了金錢，那妳還給了他些什麼？」

「心靈的安慰和支柱。」凱西用的是典雅的英文，可能是某種我不理解的隱喻。

「妳怎麼認識迪克・莫登？」

「他是我哥哥眾多爪牙中的一個，負責修繕和採買。人還不錯，我們曾經混在一起玩。當時大家都還年輕嘛！雖然我們的年齡有些差距。他當時真是一個英俊體貼的小夥子，不只是我，每個人都喜歡他。」

「我想知道迪克‧莫登和比利的母親有什麼關係？」

「事過境遷，這也沒什麼好隱瞞。」凱西搖搖頭，有點傷感地說：「比利的母親是病死的。我哥哥嫉妒她和迪克的愛情，於是抹黑迪克，想要毀掉他的人生。後來事實證明根本不是這樣，感謝上帝，迪克也恢復清白。」

「誰告訴妳的？」

凱西搖搖頭，有點傷感的摸著胸口，說：「沒有人告訴我，我看在眼裡，心中十分明白。」

當我想要多瞭解一些席格太太的事情時，屋外傳來車輪輾壓著碎石子路的聲響。凱西迅速走向窗邊，往外望去。我警覺地站起來，迅速下樓，走向前門，她緊跟著我。當我打開門，很驚訝竟然是葛玲。她站在走廊，用看見鬼似的表情面對著我。

葛玲雙頰蒼白凹陷，眼睛充滿血絲，看起來既疲倦又亢奮，好像隨時會昏倒過去。

凱西搶到我前面，緊繃著臉，不悅地問葛玲說：「妳為什麼這麼晚才來？」

我不理她們的爭論，步下台階，向一輛古銅色轎車走去，那是葛玲的福特。為了確認是否有人同行，我打開車門，裡面無人。我進入車內，檢查是否有可疑的物品。透過窗子的倒影，我見到凱西和葛玲走出屋子，站在巨大的樹木旁說話。她們的頭上是墨綠色幕幔般的樹葉，腳下鋪著淡碧微黃的落葉。我搖下車窗，還是聽不到她們完整的談話，只有風吹過樹梢、猜疑不安的聲音。我聽到葛玲正斷斷續續對凱西‧史密斯講述比利涉及殺害迪克‧莫登。

我打開車門時，另外有一輛車子的聲音由遠而近。不知道是緊張才興奮起來，或是因為興奮才緊張起來，我迅速跳出葛玲的福特，然後快步跑回凱西家的前門。我發現在小路的盡頭有條人影，慢慢走近。

從窗戶透出來的光線，可以隱約看見一張憔悴而長滿鬍子的臉。人影逐漸靠近門燈下，光線使我看清，他就是比利，看起來和我看過的照片沒什麼差別。他突然發現我的存在，只見他迅速轉身，往他開來的車子跑過去。但是很不幸，他很快就屈服在我三腳貓的中國功夫之下。

比利一面因痛苦而哀叫，我注意到他駕駛而來的那輛車怒吼一聲，顫抖著倒轉掉頭，然後往來時路駛去，引擎發出激烈的雜音。我鬆開手勁，比利奮力掙脫我的掌控，慌張地環視我們幾個人，拔腿衝過去。但是，那輛車已經迅速開走，瞬間消失在夜色中。

駕駛者是個陌生的黑髮女孩，雖然是驚鴻一瞥，不過，我確認我看過她的照片，迪克・莫登的女友、名字叫做莉莉的女孩、高德先生口中美麗的提款機。

比利走向凱西面前，十分狼狽。他拒絕了葛玲的擁抱，卻接受了凱西一記重重的耳光。三個人就二前一後進入屋內，最後那個人是葛玲。其實不算是個人，而是凱西和比利共同擁有的背影。

我把情形透過手機向費雪先生報告。

「既然如此，你就照著凱西的話去做吧！」

「好。」

當我正要離去時，葛玲垂頭喪氣地走出來。

「他們把我轟出來。」

「為什麼？」

「因為我已經不是他們家的人了。」

「這不是妳的期望嗎？」

葛玲的眼光灼熱地逼視著我，彷彿猜想我的動機，並且等待我更深入的分析。

「直到現在，我終於承認我的婚姻是個錯誤。比利活在他自己的世界，而我無法去接觸。但是，我們兩個並不曾實際認真討論過。我們生活在同一屋簷下，卻早已貌合神離了。我努力照顧我那兒子般的丈夫，而他卻愈來愈熱中尋找他的失去的記憶。」

「找到了沒？」

「我不知道，但是，比利在凱西面前承認他殺死了迪克，因為迪克害死了他的母親。」

我望著葛玲，她的面孔浮出一朵飄忽的微笑。

「我應該以嚴肅的態度來正視這件事情。李丹醫師說過，有些人想要遺忘，比利只想要尋回失落的自己。現在，我才開始瞭解，李丹醫師所說的話不無道理。」

「妳怎麼會來這裡？」

「凱西通知我，她說比利會來這裡，她要我把他帶回去。結果，我非但無法完成任務，還遭受他們的羞辱。」

「她運用各種心機在破壞你們夫妻的感情。」

「隨她……，隨他們吧！我已經不在乎了。」

「一切都結束了，讓我們離開這裡吧！」

「你可以送我一程嗎？」

「可以啊！」

「凱西要我把車子留下來，因為比利的車子被人開走了。」
「欺人太甚。對了！妳認識那個女孩嗎？就是那個和比利一起來的女孩。」
「據我所知，她可能是迪克・莫登的女友！比利對女人的品味不會這麼差勁，否則真讓我看不起。我們趕快離開這裡吧，我一分鐘都待不下去。」
「走吧！」
葛玲順從地隨我進入車子，一路上我們都沒講話，直到車子返回聖荷西區的高級社區，經過黑夜中的大海。
原來那一片在午後天空下，藍色結晶似的大海，如今被濃霧掩蓋。但是，海浪的聲音中夾雜著風聲、海鳥聲、時遠時近的汽笛聲，我甚至還聽到了美人魚的歌聲。
葛玲從一上車都一直看著車外的風景，我忍受不了我們之間的空白，首先打破沉默。
我想關於席格太太，經過這麼多事情，或許葛玲知道一些，也願意和我分享吧！
「席格太太是個怎樣的女人？」
「比利的母親？泰莉莎？」
「比利的母親叫做泰莉莎？」
「是。」葛玲冷冷一笑，說：「『席格太太』，我以為你是在問我，我是個怎樣的女人——」
「我有一點點瞭解比利的母親，但一點都不瞭解『保羅・席格』的太太。」
「我從比利的口中和舊照片，知道她是一個非常美麗的女人，長得很像女星茱莉亞・羅勃茲。」

「她和保羅・席格怎麼認識的？」

「典型的麻雀變鳳凰，只是我公公不是李察・吉爾。」

「喔？」

「泰莉莎是個半工半讀的單親媽媽，因為生活費和學費，參加了十字星企業的新藥開發的人體臨床試驗。聽說試驗的過程中，她是所有受試者中，副作用最嚴重者，因此該藥被FDA駁回，不准上市。十字星企業為了彌補，除了負責她的生活費和學費之外，還讓她大學畢業之後，到十字星企業工作。再下去的發展就不必浪費我的口舌了。」

是的！葛玲不想浪費口舌，我也不想傷腦筋。我想回到我和葛玲第一次的見面，費雪偵探社、單純的案件、單純的十隻螞蟻。我有個衝動想緊緊抱住她。

車子經過凡妮街口時，她指了指閃在半空中的綠色霓虹燈——Sad Green。

窗外已經是華燈初上，車水馬龍。回歸現實，我知道我應該做什麼。對於葛玲，如何幫助她千里尋夫，面對不友善的公公，陪伴她走一段人生之路，至少是我目前所必須擔當的責任。

今晚不再傷心，不再只是單調的綠。沒有任何明說暗示，我默默地、自作主張地送葛玲到她要去的地方後，就開著車漫無目的地在這愈夜愈美麗的城市裡亂竄，像一隻迷失的蝴蝶飛舞在紛紅駭綠的百花園。

夜的顏色強烈地刺激著我，強烈地指示我必須找一個女人。她不但要有溫潤如玉的肉體，也要有芬芳的母性。如果是短暫的愛情，我想我會去「那種地方」。酒肉朋友會為我準備物美價廉的貨色，保證讓我整夜激情不斷。但是，今夜的我要的不只是性欲的滿足，我還要多一些。

第九章　傷心碧酒店裡的百合

在夜空不停飛行、不停尋覓的天使，
流下千萬滴眼淚，只有一滴化為珍珠。
天涯茫茫，何處為家；千枝萬葉，無處可棲。
一抹雪地的鴻爪，曾經天崩地裂的痕跡。
舊金山市立精神病院心理分析科的李丹醫師說：有些偏執狂，他們執著於人生的某一個階段，不停回顧，不停尋找。

少年時代喜歡為賦新詞強說愁，每每思索他日葬儂知是誰。隨後一路走來人生路，終究想通與其「化作春泥更護花」，不如「一江春水向東流」，化骨肉為一粒泡沫，四海漂浮，永不再回人間。

我還有個心願，死後就選擇在一盤樹根底下安身立命，不再化作千風，不想天上人間，只願本本分分守住屬於自己、永恆的寧靜。

送走葛玲，我找了個咖啡店，立刻將剛才拜訪凱西・史密斯，還有發現比利行蹤的經過，寫成正式報告寄給費雪先生，並ｃｃ給威靈頓太太。

三分鐘後，費雪先生回應，要求我開啟視訊對話。

只見費雪先生穿了件深黃色底的藍條紋襯衫。他正在吃藥，桌上放著「百服寧」的外盒。我關心地問他哪裡不舒服，他說是牙疼，然後表示他不敢去找牙醫師，這種說法令我感到有些不可思議。然後，他又拿出藥水來點眼睛。

一切就緒之後，我開口說話。

「如果比利・席格投案，你的任務就完成了。放心，凱西・史密斯一定不會讓比利再度逃脫。」

他再喝了一口水，然後問我有關葛玲的事情。

聽完之後，緩緩地說：「我瞭解你念念不忘迪克・莫登命案。這也是沒辦法的事情，窮追不捨和不輕易放棄可是身為一名偵探必備的態度。」

我想費雪先生誤會了。他必定是發現我最近頻頻公器私用，把我調查「偉特・諾瓦克」的生死之謎，誤以為我是不滿意警方處理迪克・莫登命案，想要替葛玲補救破碎的婚姻。啊！費雪先生，我可沒那麼偉大。

「我已經跟你說過，不過如果你還是堅持己見，我會派人代替你的工作。至於你所花在個人上的工時，是要扣休假或是扣薪水，則由你自己決定吧！對了，你可以跟高德先生多討教，她對迪克・莫登命案有深入的瞭解。」

「謝謝，費雪先生。」

結束和費雪先生的視訊對話，我打手機和麗河聯絡上。

「哈囉！」

我盡量把聲音提高，彷彿因為她能接我的手機而雀躍不已。然後一語雙關地問是否有什麼消息。

她說：「沒有消息。」

我說：「沒有消息就是好消息。」

我說這句話，已經用到連自己都感覺有些煩厭。不過，根據我的直覺，這應該真的是好消息。

我提出邀請：「現在有空嗎？」

「咦？」

「見個面，喝杯酒如何？」

「也好！今晚我也需要找個人聊聊。」

「我去接妳。」

「不必！我人在外面，可以直接過去。」

「好吧！」

我表示依她方便的時間做調整，建議的地點還是在傷心碧酒店。結束談話，我沒來由地嘆了一口氣，啟動引擎，車子慢慢向前。遠方的金門大橋是一段彎曲的樹幹，流來奔去的車輛是數不清的甲蟲。

一陣音樂之後，低沉的男聲開始播報新聞。

「最新報導，國際知名公司十字星企業的第二代，迪克‧莫登命案頭號涉嫌人比利‧席格在名畫家克勞蒂‧瓊斯小姐的陪同下向警方投案。雖然本案疑雲重重，比利‧席格依然堅稱自己是殺人兇手。經過證實，比利‧席格罹患輕度精神功能障礙，並且長期服用抗憂鬱的藥物。他的律師是否會因為這個原因提出辯解，仍然是大家注意的焦點。」

我嘆了一口氣。我想從此之後，葛玲應該不會再和我聯絡，我應該也沒有立場主動表示關心。

「有關另外一則新聞，馬克‧華齊命案已經有所突破。因為有神祕證人指出，死者除了和女性交往，還為男士提供性服務，死亡原因並不單純。不過，警方已經掌握相當證據，不日中就會宣布破案。」

馬克‧華齊是我昨天上網搜尋「疑似偉特‧諾瓦克死亡」的命案名單中的一個名字，也曾經因為個人資料類似而特別關注。但是，死亡時間不對，還有其他種種因素，所以就把他忽略掉了。

我嘆了一口氣。從葛玲充滿憂傷和絕望的臉切換到麗河恐懼憂慮的表情，彷彿是夕陽西下和旭日東升，看起來一樣美麗，感受是完全不同。這個比喻不妥，尤其是在皓月當空的夜晚。或許她們是分不出誰是鏡中人、誰是鏡外人的兩面體，至少對我而言。

就在約定時間的前一個小時，麗河來電。首先，她為她無法赴約而感到遺憾和抱歉。但是，為了讓我能進一步瞭解真相，她希望她能和我約在明天，一起吃晚餐。

「為什麼？」

「說來話長。」

「那就長話短說。」

「好。」麗河的聲音有些沙啞。

「你應該還記得杜素卿吧？」

「有點印象。」我心虛地回答。

麗河說了一些杜素卿的近況，我一點都不感興趣。但是，聽到她是在舊金山犯罪實驗室裡擔任要職時，我感覺自己的雙耳高高地豎起來。

「她忽然約我，好像有急事。我不能拒絕，只好對你說聲抱歉。我想順便和她商量有關偉特的事情，你認為呢？我無法靜下心來，簡直就像熱鍋上的螞蟻。」

「我覺得也好，和一個專業人士商量，總是好的。不過，一定是一個值得你信任的人。是的！再見。」我心血來潮，隨口問道：「等一下，妳曾經跟她提起我嗎？」

「當然！我們一見面就聊起你，她還跟我要了你的聯絡電話和費雪偵探社的地址。怎麼了？」

「沒什麼。」

「她沒去找你嗎？」

「沒有。」我簡單回答，沒有其他的備註說明。但是，想想麗河似乎話中有話，於是多問了一句：「怎麼啦？」

「我個人感覺她一定會去找你，因為她似乎有些難於解決的困擾，需要你的協助。」

「什麼困擾？」

「我不知道，她沒說。」麗河加強語氣說：「我也沒有問。」

「對了！我在臉書邀你為友，你都沒回應。」

「知道了，馬上加入。」

「那麼，明天見。」

「明天見。」

我很久沒有上臉書，一堆人邀我為友。除了麗河，我一律拒絕。

某月某日

少年到異地，心情總是雀躍歡喜，年輕的心好奇而靈敏，巴不得把所有的所見所聞，納入記憶。相信永遠，相信天荒地老，相信愛情，相信美好的一切。美好就在遠方，在彩虹的那一端。

某月某日

年事漸長，見多識廣，不再輕易感動。所有的旅途必有目的地，或許會在中途流連，但絕不忘返。你我相遇是偶然，你我離別是必然。人生精彩，起起伏伏，請問，一顆心要忍受多少創傷？一雙眼眶要承受多少淚水？倒不如將靈魂深居簡出。可是，誰甘心、誰耐得住知足常樂的寂寞？

某月某日

當看過滄海，遊遍巫山，感覺人間處處風景，處處觸景生情。或許哀傷，或許喜悅，忘記也好，記住也罷。記住了，也是空留回憶。雖說人非草木，孰能無情！但是，多情傷己，寡情傷人。所以，愛要保留，情要適可而止。

我看了幾則貼文之後，心有戚戚焉。按讚之後，發現杜素卿也是麗河的臉友，於是我發出邀請為友的訊息。

雖然佳人無法赴約，我依照計畫行事。

傷心碧酒店裡依然是充滿寂寞的紅男綠女，他們在寂寞的燈光下，喝著寂寞的酒。雖然說說笑笑，但眼角餘光總是有意無意地找尋，不管是心靈或肉體上的慰藉昧偶。我也一樣，毫不保留流露出孤單的情緒。

我認識的酒保不在，所以隨意地點了一杯威士忌，坐在吧檯悶悶地喝著。依然抱著一絲希望，或許麗河會改變心意，或許等一下她就會翩然出現。因此便連續婉拒了兩個女孩子的搭訕，只和坐在旁邊的老兄有一搭、沒一搭地聊。沒想到被那有點衰老的中年人誤以為是同性戀，猛向我翻白眼，一臉不屑的表情。我想打手機給葛玲或是任何一位女性友人，問她們是不是可以過來。但是，想了一想，立刻打消念頭。畢竟我現在的心情，只是想找個女人打發這個寂寞的夜。於是我決定喝完這杯酒就走人，去舊金山的夜之海，尋覓情欲的珊瑚礁。

人聲沸騰的傷心碧酒店，忽然安靜下來，悠悠傳來一陣低沉迷人的歌聲。歌聲讓我想起往事，想起我曾經寫過的一首詩。

難得妳我今生相遇，難得妳我此情不渝；
難得妳我已經老去，天長地久愛河永浴。
千山萬水艱難崎嶇，幸福的樹永遠鮮綠；
妳我共譜愛的戀曲，攜手漫步橫生逸趣。
歷經無數風風雨雨，彩虹依然伴著笑語；
如果人生再來一次，我依然願妳為伴侶。

我隨著歌聲，把詩句呼應上去，竟然十分吻合，令我非常驚喜。

這首詩是多年前，我和麗河曖昧時，有感而發的創作。當時十分得意，並且瞞著她，私下投稿給某知名報紙的副刊。然後計畫著等刊登出來的時候，相約在一個浪漫的燭光晚餐中，深情地對她唸出來。其實，當時我們並不老，我們之間只是大學生的純愛，所以也沒什麼風風雨雨，真的是所謂的為賦新詞強說愁。報紙沒有將這首詩登出來，我覺得很沒面子，就把底稿隨便夾在一本書裡。

後來，我們分手。幾年後，這首詩偶然被我再次翻出來，讀著讀著……覺得自己很蠢、很好笑。隨手一扔，就扔到記憶之外了。

這幾天因為和麗河再度相遇，雖然不算往日情懷，畢竟還是有些感觸。刻意去整理差一點刪除的舊時檔案，再次發現這原本在記憶中幾乎破碎的詩稿。前塵往事，昔日的倩影悠悠忽忽地飄上了心頭。回顧艱難崎嶇的人生，我真的是歷經無數風雨。孤獨離婚的我不曾愛河永浴，也沒有過真正的此情不渝。

但是，我卻擁有很多平凡的難得。難得一夜好眠，難得聽一首好歌，難得讀一本好書，難得品嚐一壺好茶，難得可以健步如飛，尋覓一方好山好水。這些瑣瑣碎碎的晶瑩剔透，對我而言似乎比天長地久的永遠實在多了。

我想到哪裡去了？在這紅男綠女、情欲橫流的酒店裡面參悟人生，我的心真的是老了。

這時候有位濃妝豔抹的女孩擠到我身邊，從她深邃的輪廓判斷，應該是墨西哥人。

「你好，帥哥。」

我看看她那張既熟悉又陌生，如今化妝成芭比娃娃的臉。來不及端詳，我的眼光立刻被那一對豐滿的宛如布丁的乳房緊緊吸引。亞麻色的皮膚滑滑亮亮的，修長緊緻的四肢，濃密的黑髮盤上去，垂落下來的髮絲飄呀飄呀，非常迷人。亮晶晶的藍色高跟鞋，露出粉紅色的腳趾頭。

「妳好，小妹妹。」

「如果你再叫我小妹妹，我就叫你大叔。」

她故意瞟了那個坐在我身旁，名副其實的歐吉桑一眼。我立刻認出她的身分，但假裝被蒙在鼓裡，我猜想對方喜歡這個小遊戲。何況當我認出她時，比利・席格和迪克・莫登的面孔同時出現。

「隨妳高興，我不在乎！」

她笑得很開心，也讓我有機會去「研究和思考」。當時駕車送比利・席格到凱西・史密斯的童話莊園時，她冷豔的面容還依稀停留在我的眼膜。如今，士別三日，刮目相看。其實，她的年紀應該和葛玲差不多，只是因為打扮太「裝可愛」！所以乍看之下，以為還是個早熟的高中女生。在閃爍的燈影下，面目模糊，美麗的輪廓宛若燦爛星光下的湖水、波動的漣漪。

「妳一個人嗎？」我環視一下周圍。

「算是吧！」

「什麼意思？」

「那不重要。」她慢慢地把殷紅如草莓的香唇靠近我的耳窩，輕柔地吹氣，細聲地問：「你真的不認識我嗎？」

我也以同樣的姿態和口氣反問道：「難道妳認識我嗎？」

「當然！我對於帥哥，總是過目不忘。」

「妳！迪克・莫登的馬子？」

「不是。」

「難道是比利・席格的？」

「我是誰的馬子並不重要，也不是今晚的重點。不是嗎？」

「真是太神奇了。」

我的演技應該不差，因為女孩笑得很開心。她一面打量我，一面說：「神奇的不只是我，還有你。」

「妳要做什麼？」

我感覺她的手伸過來，在我的腿部撫摸。這個動作很熟悉，我想起我和葛玲在傷心碧酒店相遇的那個晚上。

「需要說得很清楚嗎？」

我不喜歡那樣，直接撥開她的手。女孩有點不高興，但稍縱即逝，笑語如花地說：「記住，我不是流鶯，我是來找樂子。不要以為給你幾分顏色，就可以開染坊。我已經不是那個暗夜裡爛透了的百合，而是一個新鮮亮麗的自己，宛如綻放在黎明、花瓣還沾著露珠的百合。」

「我猜妳的名字應該叫莉莉，是不是？一語雙關，真有趣。」

「你很聰明，我可是貨真價實的百合花。不像有的名字叫做葛莉絲（Grace）的女人卻一點都不優雅（grace）。」

我又點了一杯酒，故意不看她。歷經葛玲和麗河，我忽然想羞辱這個投懷送抱的女孩，殘酷地說：「不要就拉倒。今晚有一大堆女人等我一桿進洞。」

百合故意露出受傷的神情，我不為所動地一面喝酒，一面輕輕地哼著〈野百合也有春天〉的旋律。

百合又靠過來，甜膩地說：「真好聽，這是什麼歌？歌詞是什麼意思？」

我抵擋不住她釋放出來的魅力，只好一句句地翻譯給她聽。聽完之後，她似乎有些感傷。但是，一下子就過了，我們又開始打情罵俏。她不斷地挑逗我，全身都被她摸遍了。

鄰座的老兄可能多多少少有聽到我們的對話，便涎著臉對百合說了幾句話，意思是說如果我沒興趣，他的「大傢伙」可以代勞。

我還沒回過神來，沒想到百合竟然出手，狠狠地打了他一記大耳光。那老兄錯愕了一下下，正要發作時，百合拉起我的手，迅速往外跑。

我們穿梭在擁擠的人群中，我的視線餘光看見了一個眼熟的白人男子。而拉著我的手、急急地往外跑的百合，以為我沒注意，她向他比了個「ＯＫ」的手勢。

白人男子的表情……怎麼說呢？我看不見，因為他看到我的目光時，立刻把頭轉開，明顯不願意和我面對。然而，我一眼就認出他，因為我見過他，他曾經接送葛玲到費雪偵探社。還有我和葛玲的一夜情時，他當晚也在這裡擔當葛玲的護花使者。我猜想他應該是在保羅•席格的手下工作，擔任私人的總務，或是親信之類的人，沒想到今晚在「傷心碧酒店」會再次遇見，有點巧合，也有點詭異。

衝到了街心，百合停下來，喘氣喘個不停。我冷靜地看她，等待她平靜下來。「妳和百合這種美麗潔白的花朵實在差很大。」

「我雖然是個名叫莉莉、簡單平凡的女孩。但是，難道不能把我和純潔高貴的百合花關聯在一起嗎？如果你不習慣，就在心中換回來吧。」

「我不認為妳簡單平凡。沒錯，反正只是個代號，換不換也不重要。管你是莉莉還是百合，妳就是妳。」

我望望身邊這個外表像天使，內心可能是一團黑暗的小女孩，一點性愛的欲望都沒有，反而充滿好奇的欲望。尤其是那一晚，她和比利‧席格出現在凱西‧史密斯的童話莊園。

百合一面挽著我的手臂往停車場走去，一面隨口問起我的「代號」，顯然她並沒有把我認真放在她的心中。

「妳可以叫我Yellow。」我沒必要告訴她我的真實姓名。

我不想開我的車，雖然我的車就停在這附近。我寧願被她擺布，我想弄清楚她到底在搞些什麼花樣。她真的需要一個男人嗎？我是刻意被安排或是隨機抽樣的獵物？她是死者的女友，又和兇嫌攪和在一起。且不論我曾經是和那一宗命案有關的委託人，只要想到葛玲哀怨的眼神，我就想一窺究竟。這是一個好機會，不是靈感，而是直覺的啟示。

當百合背著我去開車時，我瞧著她的背影，她有個小巧的臀部，和葛玲差不多。但是，因為人矮，比例上的她，腿部看起來比較修長。我好奇而篤定地進入她那台布滿灰塵的紅色Golf，看她熟練地倒車、轉車，然後彷彿賽車手似地駛出停車場。

「喂！」我忍不住叮嚀她要開慢一點，說，「我們不趕時間，不是嗎？」

「我等不及，那裡已經大量分泌。」藍銀色的眼影和深黑色的假睫毛在她臉上浮現怪異的圖案，不協調的豔麗。

「真的嗎？」我的手指迅雷不及掩耳地伸入她的兩腿之間。

「你想做什麼？」今夜是黑天使的百合驚慌地把雙腿一夾，方向盤有點歪斜，幸好馬路上沒有其他車輛。

我繼續侵犯她，她沒有拒絕。從柔軟乾燥到產生一點點濕潤，我才默默將手從她的丁字褲中縮回來，

她送我幾道秋波，嬌笑地說：「想不到你是個急色鬼。」

「妳說對了。」我把手再伸過去，但只擱在她的膝蓋上，說：「就停在那片樹林裡吧！我們來打野炮。」

「不要！」她輕輕搖頭，我發現她的膝蓋有些抖瑟。

「那麼……我們去汽車旅館。」

「不要！」

「為什麼？你不是想要我現在插妳嗎？」我說了個謊：「我已經硬到不行，妳現在就幫我吸。不然，我自己打出來。」

「別這樣子嘛！我只是習慣在自己熟悉的地方而已。」

「可是我等不及。」

「快到了嘛！」百合用下巴點了兩下，說：「哪！就在前面。」

方才我只顧調情和想心事，倒沒有注意沿路的風景。被她這麼一說，我便格外注意。只見車子順著一條顯然經過精心設計維修的山路，快速往上爬。右邊可眺望城市和大海的交界。反過來想像，或許也可以說是燈海與黑色沙漠的交界。透過枝枒，暗藍的夜空有著淡淡的月光和稀疏的星星，別有一種荒涼之美。

第十章　黑夜中綠光熒熒的眼睛

窗外滿眼春色，獨愛一枝濃豔露凝香；

花濺淚、夢驚心，杯酒愁緒、吞喉落腹。

千絲萬縷、悠悠倩影，一剪、兩斷；

一半拋卻天涯，一半遺留心頭。

舊金山市立精神病院心理分析科的李丹醫師說：情人分手，與其難捨難分、糾纏不清，不如快刀斬亂麻。與其你我往事種種譬如昨死，不如保留一些美好的記憶，孤單時細細回味。

山區的夜色十分怡人，正值初夏，白天是深深淺淺的綠，此時在月光下如黑色的波濤般到處氾濫。漫過溪谷草原和樹林，連山頭也不夠，甚至綿密的雲層也濺上了墨綠色的水花，於是百合的這輛紅色Golf就變成只載著一雙被情欲滾滾燃燒的雌性動物和雄性動物的方舟。

經過一大片杏花林時，我情不自禁地要求百合把車速減慢下來。我是唯恐驚動那片美的驚天動地的千花萬蕊嗎？嗯哼？當然不是，我記得曾經來過這裡，剛才經過的山區不就是聖羅安山麓嗎？安安靜靜的河流，還有藏在樹林裡的一個很大的湖泊。那個湖泊就是Rorei B&C休閒中心的天然游泳池，我不就在那裡聽著羅麗河訴說她到現在還不知如何是好的恐怖遭遇嗎？怎麼我又舊地重遊了。

百合口中的「快到了」是大約十分鐘之後。她停在一棟有些屋齡的庭院別墅，美女遲暮的氣氛從斑駁的圍牆，生鏽的鐵門和荒蕪的花圃表露無遺。

這裡不就是保羅・席格的舊房子嗎？

「妳住在這裡？」

「不是，是朋友的家……」百合好像很滿意地看了一下屋頂，說：「我喜歡這種老氣橫秋的房子。老氣橫秋不是一個好的形容詞，可是我就喜歡，總比老態龍鍾好。」

她似乎很不願意我花太多時間去「欣賞」房子，不斷催促我入屋。我注意到這房子附有車庫，但鐵門被拉下來……

在我好奇地環視四周時，百合像一頭小野豹似地把我撲倒在沙發上。沙發很柔軟，她的身體也很柔軟，她的嘴唇更柔軟。當她的舌頭伸進來，發現我沒有預期的回應時，就反過來翻弄我的口腔內部。我感覺好像含了一顆溫暖的軟糖。

這客廳除了入口的大門和通向走廊的玻璃門外，還有四扇門。牆上除了一排大大小小、形狀不一的靜物照片，還放了一些沒什麼意義的圖畫。我很納悶，為什麼沒有一張人像，不論是用拍攝，或是用畫的。整個氛圍彷彿是一間豪華高級的監獄，我懷疑這裡曾經軟禁過多少個人。第一個閃入我的腦海的竟然不是麗河，而是陳屍在這個房子某處的比利的母親。

當我想進入臥室，一窺偉特「陳屍」之處，卻被百合緊緊抱住。我們雙雙倒在沙發中，百合爬到我的上面，將我上衣的鈕釦一顆一顆解開。象徵式地揉磨一番之後，就直接想從褲襠裡掏出我的小弟弟。我低笑一聲，用雙手雙腳夾住她，翻滾到地毯上。我一邊用體重去控制她，一邊再次用言語去強暴她的尊嚴。

我感到她的身體僵硬起來，冷冷地冒出一句：「妳老實告訴我，這屋子裡頭是不是還有其他人？」

百合的表情證明了我的猜測。

「妳是不是色情影片公司派出來釣男人，搞什麼偷拍什麼的……」

我還沒說完，就被百合誇張地大聲否認。我知道那是某種暗號，因為最邊邊的那扇門後有了慌亂的腳步聲。

我迅速地離開百合，正要去開門時，聽到車庫的鐵門升起來。我拂開玻璃門的蕾絲窗簾，一輛白色賓士，如同海底裡的鯊魚優美而快速地駛向樹林深處。百合驚慌地望著我，眼眶裡有著大大的琥珀色珠子在滾動。我慢慢在她身邊坐下來，看著她逐漸迷濛的眼睛。

「這是怎麼一回事？」

我心平氣和地問，但她好像刻意挑戰我的耐心似地保持沉默。一道強烈閃電在我迷霧瀰漫的心海閃過，從來未曾如此強烈的直覺。

黑色豐田、「富麗堂皇」摩鐵、我和葛玲的肉體接觸、傷心碧酒店的那一個白人男子……。是那個司機兼護花使者嗎？不可能，我想起了保羅・席格的那雙眼睛，黑夜中綠光熒熒的眼睛。

我按照我的直覺，打開天窗說亮話：「這倒底是怎麼一回事？」

百合沉默以對，雙眼一閃一閃。

「事實就是如此，事情這麼清楚，妳還狡辯。妳想把我當傻瓜耍嗎？」我用力瞪著她，大聲地說：「那一個變態有喜歡偷看別人做愛的怪癖，所以要妳去釣男人做給他看，對不對？」

百合依舊沉默以對，雙眼逐漸失去光輝。當我失去耐性的前一秒鐘，她用比我更大的聲量，嘶喊地說：「不關他的事！他沒有這個能耐。是他的老闆，是保羅・席格那個變態有喜歡偷看別人做愛的怪癖，他要我去釣男人做給他看，這樣可以了嗎？」

我雖然心裡有數，但從百合口中說出來的那個名字，還是讓我目瞪口呆。所以，保羅・席格看過我和葛玲的表演。原來！葛玲和眼前的百合一樣，都是引誘男人的夜天使，然後在魔鬼的窺視下表演情欲的雙人舞。

「很多男人喜歡偷窺，保羅・席格先生是其中之一，而我是他最喜歡的女主角。由我找來的男主角來扮演他，來和我做愛，滿足他的性幻想。我喜歡你，想和你做愛，沒想到今晚逮到這個千載難逢的機會，卻被你一眼看穿。聽說你是偵探，難怪警覺性這麼高。」

我忍不住去想，既然百合是最近才冒出來，那麼她之前的女主角莫非就是葛玲。強迫自己的媳婦和陌生人做愛，以滿足自己不為人知的欲望。那麼葛玲之前的女主角又是誰？在我之前呢？保羅・席格的嗜好絕對不是最近才有的，一定是發生在很久、很久以前。葛玲為什麼願意？我仔細回想，不錯，為了錢！從我們在傷心碧酒店邂逅，我們的談話充滿了金錢的味道。

另一個念頭閃過，既然這裡是偉特約會麗河的場所，難道……。我若無其事地拿起手機到處拍照，百合似乎放棄了阻止我的念頭。

「他玩這種遊戲多久了？」

「應該有一段時間吧！我是最近才開始接受這份工作。」她講得很慢，似乎在考慮什麼話該說，什麼話不該說，「不過，發生了這種事，我想我會被保羅・席格先生開除。」

「他怎麼找上妳？和迪克・莫登有關吧！」我繞到可能是麗河和偉特喝酒聊天的地方拍照。

「迪克帶著我去見席格先生，表示想要繼續以前的表演。這是席格先生後來跟我說的。他說迪克那種鬼樣子看了就倒胃口，對於我倒是滿感興趣的，於是我就成了席格先生的專屬女優，到處勾引壯碩健美的男人，表演活春宮給他欣賞。」

我想起我和葛玲「表演」之前，葛玲不斷用手機「請示」或接受「指示」。百合卻省略那道手續，以至於讓我這個倒楣的臨時演員，又重複演了一次。可是，那個白人司機呢？也許百合太有效率了，因此他也沒時間阻止，或是他呈上報告時，沒有得到回音，或是如何如何……，我也懶得花腦筋去追究。不過，我還是好奇，所以問百合到底是憑什麼，不需要經過保羅・席格的認可。她的回答令我啼笑皆非，因為她自信能夠掌握保羅・席格的胃口，所以，她哈哈地笑了幾聲，然後怪我卻讓她丟了工作。我做了個昏倒的動作，覺得這個百合也真是有夠白目。

我不想要在她身上多花時間，大膽假設：「迪克找女孩子玩給保羅・席格看，是不是也有席格太太呢？」

「迪克有跟我說，起初我不相信。哪有這種人，讓自己的老婆……。迪克有時候迷迷糊糊，講話顛三倒四。」

「迪克怎麼說？」

「他說多年前的一天，保羅・席格要他上席格太太，然後他躲在暗處觀賞。重賞之下，必有勇夫，迪克就做了。迪克說他和席格太太在第一次是半睡半醒、半推半就。幾次之後，席格太太就變得如狼似虎，飢渴得不得了。」

我慢慢上樓，找到可能是偉特・諾瓦克「陳屍」的房間。我一連拍十幾張照片，盡量避免百合入鏡。

「迪克誤傷席格太太，造成她不治身亡。」

「那不是迪克的錯，席格太太本來就有病。」百合皺了皺眉頭，說：「我不想談那些事情。我覺得很奇怪，我不知道席格先生為什麼會怕你，還慌慌張張地逃跑。他是一個天不怕、地不怕的人。」

「我們認識，他是我的委託人，替他找回比利。」我不想提及葛玲，看到百合恍然大悟的表情，開玩笑地說：「我想妳這次真的選錯人。真是抱歉，我害妳丟了工作。」

「你是應該要抱歉。不過，事到如今也沒辦法了。不是嗎？不過，我也必須為自己的魯莽負責。我看到你在凱西那婊子的房子出現，就不該去惹你。」

「妳丟了工作，覺得可惜嗎？」

「非常可惜。」她露出天真的笑容說，「他給錢給得很爽快，他找的男人都很不錯，英俊又有格調，我很喜歡，都會有高潮。他也不反對我自己挑選，譬如你。很顯然，我找錯人，真是遺憾。」

「會假戲真做嗎？」

「對方會，我不會。我會把性和愛分開，最重要的一點，我是專業人士。」
「我之前的男孩是誰？」
「不是男孩，是個熟男。」
「他是誰？」
「那個男人叫馬克，我不知道他姓什麼。我們就在這裡做給席格先生看。」
或許是我敏感，百合的表情有微妙的變化。
「只有你們三個嗎？」
「當然。不然還有誰？」
「我不知道，只是隨便問問。」原來如此，可憐的麗河。我拋開嚴肅的面孔，輕佻地說：「馬克幹妳的時候，保羅有光明正大地在一邊觀戰嗎？」
「沒有，他只喜歡偷窺。」
百合看到到我只專心查看我的拍照紀錄，只是和她胡言亂語，便不耐煩地說：「拍夠了吧？可以走了吧？」
下樓之後，我們走出房子，沿著石牆慢慢走著。在淒白的月光下，牆後杏花樹婉如一張巨大的黑網。陣陣夜風吹過，我好像聽到貓頭鷹的叫聲……
十分鐘之後，百合把車子停在一個靠近懸崖的山凹處。一停好，我們就摟在一起，剛才被束縛的情欲迅速地被解脫了，宛若打開的潘朵拉的魔盒。我把椅子弄平，以便讓百合繼續剛才在屋子裡頭，被我打斷的動作。她粗野地挖出我那硬得不能再硬的性器官，搓弄一翻後就整根吞下去。不愧是保羅・席格精挑細選的委託人，口交的功夫果然超人一等，我的尖端開始有分泌物。我一面撫摸她的頭髮，一面伸手去找放在置物箱裡的保險套。剎那之間，才發現這不是我的車。

「你找什麼？」

「保險套，妳有嗎？」

「沒有。」

「沒有？」我有些吃驚。

「席格先生不喜歡男人帶套子，他喜歡看男人赤裸裸的那一根，尤其是激烈抽動的特寫鏡頭。」黑暗中，她的聲音含糊不清：「他總是一面看，一面自慰。他一定幻想自己就是馬克或是你，勇猛地抽插著我。因為他做不到，所以要你們幫他完成。他不讓我知道他的真實身分，但我有辦法查出來，他是十字星企業總裁，很多人願意幫他做事的，對不對？」

百合的說詞加強了保羅・席格確實偷窺我和葛玲的做愛，因為葛玲也沒有要求我戴上保險套。我逐漸失去了興致，百合感覺到了，也停止動作。我們各自坐好，望著眼前一望無際的黑暗。

「喔！妳和迪克是怎麼認識的啊？」

「迪克出獄後，他來我當服務生的餐館用餐。我們一見如故，他告訴我他要去舊金山發展，問我有沒有興趣。我說好啊！因為我有個表姐住在電報山，我想去找她，就一同分擔汽油，還有輪流開車。你知道嗎？從我家經過一〇一國道來到舊金山，要開兩天兩夜。」

「說重點吧！寶貝。」

「比利從凱西那裡打聽到迪克已經來到舊金山，比利想知道自己的母親到底發生了什麼事情。在他成長過程中，關於他母親的死有各種說法，一直耿耿於懷。」

百合停頓一下，似乎在思考。經不起我的催促，便繼續說：「我想應該是凱西知道迪克來到舊金山。她非常好心地讓比利知道，想要瞭解自己的母親到底發生了什麼事情，最好去找迪克・莫登。」

「然後呢？」

「總之，迪克照顧過小孩比利，當然知道一些事情。所以，他在保羅・席格和凱西・史密斯那裡沒有撈到想像中的好處之後，就主動接近比利。」

「嗯，或是被動接近比利！對了，比利記得迪克嗎？」

「一開始記不起來，後來有想起來。當迪克透露了一些陳年往事，比利的確想起了很多事情。」

我忘了是誰跟我說，或是我自己的假設。我問：「聽說迪克是比利的生父，妳認為呢？」

「那是一個天大的誤會。」

「所以，是比利自以為迪克是他的生父？」

「是啊！因為比利想起小時候，曾經目睹迪克和他母親的親密行為，因此自己做了假設。」

「迪克不跟他解釋個清楚嗎？還有凱西。」

「我不知道迪克有沒有解釋清楚。不過，凱西是個百分之一百的婊子。」

「我瞭解了。迪克是為了騙錢，凱西是唯恐天下不亂。」我真心展露笑容，說：「謝謝妳，這是今晚我們最有意義的對話。」

「什麼意思？」

「我大約猜出迪克為何被刺傷而死。」一個讓我忍了很久的問題，終於在百合慢慢解除心防之後提出來：「在那間我們剛去過的房子裡，他們兩個人到底發生了什麼事情？」

「他們讓我留在客廳，兩個男人上了二樓。我等了很久，實在是按捺不住，所以我就上去偷看他們在幹什麼鬼。我走到樓梯一半，就聽見迪克大聲地說一些以前的事，比利則靜靜聆聽，偶而提出一些問題。」

百合停頓一下，繼續又說：「他們見到我，好像也沒什麼忌諱。迪克披上一件紫色的披風，還戴上一副毛茸茸的紫色面具，好像童話故事中的鳥人。他們說完，迪克脫下那一套詭異的服飾。後來，因為他們喝了酒，所以由我負責開車去比利的家。同樣地，他們讓我留在客廳，兩個男人進入廚房。我由於太疲倦，就睡著了。睡夢中，我被比利叫醒，然後迷迷糊糊跟著他走。我問他到底發生了什麼事情，為什麼迪克不跟著走。他說迪克先走。我們幾乎繞了大半個舊金山，他始終不願停車。除了加油和上廁所，也不肯停下幾分鐘。後來，他自己也受不了，我就帶著他去電報山找我表姐。隔天，我們就去凱西的家，再下來的事，你都知道了。」

百合可能是一口氣說太多話，輕咳了幾聲，轉向窗外。

我不打算讓這沉悶的氣氛一直繼續下去，便自說自話下去：「迪克非但不解釋，還繼續行騙下去。當比利發現上當，氣憤之下，就殺死他。」

「我不知道真相到底如何。不過，我認為應該是一場意外。」

我很重視百合的說詞，再重申一次：「妳認為那是一場意外？」

我的內心開始顫抖不已，似乎摸索到比利和迪克之間的糾葛和命運殘酷的安排。不過，真是命運嗎？或是……？

百合冷笑幾聲，轉向窗外。這條路曾經是我載著麗河回家的公路，稀疏的路燈好像遠在天邊的寒星。

「我不知道真相到底如何。不過，我認為迪克是被保羅．席格害死的……」

「妳說迪克是被保羅．席格害死的，是什麼意思？」

「我隨便說說，不是很清楚事情的來龍去脈。迪克去找凱西，凱西告訴他很多事情，包括席格先生害他坐牢。」

「保羅．席格害迪克去坐牢？此話怎說？」

「迪克說他有次和席格太太做愛，不小心弄傷她，然後她不久就死了。席格先生告他謀殺。迪克被判了重罪。後來，幸好迪克的親友大力幫忙，才減輕刑罰。可惜迪克又因為經手毒品交易再次被捕。我知道他已經改過自新，重新做人，萬萬沒想到最後是這樣的下場。」

「比利知道這事情嗎？」

「我並不清楚。不過，依照我的猜測可能不知道。而且席格先生不是也撤回告訴嗎？認為那是一場意外。」

「比利想起小時候，曾經目睹迪克傷害他的母親，因此自己做了假設。」我重複百合剛才說的話，然後自做結論地說：「這個假設就是迪克謀殺了他的母親，所以殺了迪克。或許不是蓄意，所以是一場意外。」

我想起葛玲說過有關比利的恐懼，他害怕黑夜的森林、幽暗的房間、死人、閃電雷聲，還有貓頭鷹。我可以理解害怕黑夜的森林、幽暗的房間、死人、閃電雷聲，但是，貓頭鷹似乎有特別的意義。

「關於貓頭鷹，妳有什麼想法？」我想起葛玲所說的話，我為比利為何厭惡紫色找到了答案。

「喔！沒什麼想法，很可愛呀！」百合看著車窗，跟我的倒影說話：「好了，不談他們了！我問你，你怎知道有人在屋子裡？」

「好吧！從妳主動和我搭訕，和你鄰座的中年人起衝突，到酒店門口為止——完美無缺！只是出現了一個白人，我見過他。其實，他也不具任何意義，卻是一道小小的信號。我一開始以為是那個白人偷看我們，或是色情電影公司派來的攝影師。但是，轉念之下，我覺得不可能。他是平常老百姓，偷窺別人做愛這種玩意兒，舊金山多得比恆河之沙還多，根本不需要這麼大費周章。一定是更高階、更有權勢、更需要維護隱私和名譽的人。」

「可是，你剛才說……」

「我剛才是套妳的話！寶貝。」

看到她一臉嚴肅地轉頭望向我，有些洩了氣似地，說：「大膽假設，小心求證。可是你是從何時開始起疑？」

「雖然人生何處不相逢，可是妳的出現太戲劇化，妳的開場白太不自然。不過，以上都可以一筆帶過。我對妳的懷疑是從摸妳的桃花洞開始，妳口口聲聲說性飢渴，其實不然。因為妳的生理反應證明妳在說謊。也許是善意的謊言吧！誰知道、誰在乎……而且妳帶我到一個妳嘴巴說喜歡，卻明明不喜歡的地方，似乎違背妳在酒店裡說的話。還有，一進到屋子，妳就非常主動、非常地迫不急待，整個過程很不合理。」

告別的時間到了，於是我假裝窮極無聊地問：「妳被那麼多人搞過，誰讓妳最爽？」

「你真是個討厭鬼！」

「說嘛！說嘛！」

「我再說一遍，我爽不爽不重要，能夠讓保羅・席格先生爽才重要。」

「喔！哪一個？比利嗎？」

「我和他沒有性關係。」

「那是什麼關係？」

「不關你的事情！」

「說嘛！說嘛！」我企圖轉回剛才的話題。

「你真煩。」百合抵擋不住我的死纏爛打，終於說了：「我雖然勾引男人，做愛給席格先生欣賞。但是，他滿欣賞我的機靈和善解人意，所以有時候會派一些小差事給我做，接近比利是其中一項。那一點也不困難，只要安排一個意外的重逢，再自然也不過了。」

「妳知道比利是保羅・席格的兒子，我的意思是說保羅・席格從頭到尾都知道比利的行蹤？」

「是啊！不過他才不在乎比利的死活，他真正關心的是家醜是否外揚，影響十字星企業的商譽。」

百合在我技巧的引導下，真情流露地說出她對比利的看法。我覺得了無新意，因為和葛玲大同小異，卻更加鞏固我對比利不是殺害迪克・莫登的想法。

我們閉口，各自想著心事。

她指了指逐漸接近的傷心碧酒店說：「目的地到了，你要自己再進去喝一杯，或是要我送你到停車場？我今晚累死了，我再也無法承受任何一點刺激。」

我表示想再去喝一杯，我心中仍然希望在今晚可以再見麗河一面。

「我不知道我們會不會再見面。你讓我想到很多，我不久前遇到的一些事情。」

「什麼事情？」

「關於迪克，他死了。老實說，我很悲傷。雖然為時不長，但人生不是不應該永遠活在悲傷裡嗎？但是，後來的馬克，他也死了。天哪！我真的不知道，為什麼會這樣？我也不知道到底發生了什麼事？我擔心你會不會有事？我不是虛偽，不是矯情，是真心地為你擔心。」

百合的話好像霧夜的燈塔給我一道又一道的光線，但霧太濃，夜色太暗，我還是什麼都看不清楚。我望著她亮晶晶的雙眼，忍不住緊緊抱住她，在她耳邊輕聲地說：「我不是迪克，也不是馬克，我是黃敏家，讓妳最爽最爽的黃敏家。」

我暗暗跟自己說，我不但不會有事，還會把真相弄清楚。

第十一章　揭開馬克・華齊命案謎底

我愛妳是酸，妳愛我是鹼；
為什麼我們的愛情？
不能夠是pH＝7.0

舊金山市立精神病院心理分析科的李丹醫師說：戀愛中的男女，其實不一定是戀愛，也不限於男女之間，總是計較誰的付出比較多。計較來、計較去的過程，忘記了結伴同行時，心靈的共鳴、相遇相知的情緣，還有那一段人生、沿途美麗的風景。

今天所有的媒體報導都是有關比利・席格被逮捕歸案的經過。

依據警方調查結果，殺死迪克・莫登的人可能就是比利・席格。關於殺人兇嫌比利・席格的供詞，死者迪克・莫登曾經向他表示知道他的身世，只要付出一筆錢。比利・席格不疑有他，不斷地將錢給他。後來發現其中有詐，經過調查，才發現被騙，才決意殺他洩恨。首先，故作神祕離家出走，將自己偷偷藏起來，使人們誤以為失蹤，然後引誘迪克・

莫登到自己家裡，將他殺死。

但是，比利‧席格無法將命案細節一一釐清，內幕疑雲重重。另外，從種種證據和跡象都指向兇手另有他人。比利‧席格是不是另有隱情，所以自認行兇，這並非不可能。尤其是「後來發現其中有詐，經過調查，才發現被騙」的說詞，更是充滿矛盾和無法理解。至於真相如何，比利既然守口如瓶，眾人也不得而知。

由於比利‧席格的特殊身分，也就是身為著名十字星企業的第二代，是不是會引起家族內部風波，連帶人事組織的改變或股東的質疑，甚至所謂影響到供應商、經銷商、地方政府和借貸銀行，甚至終端顧客群，也是值得大眾關切的議題。因此，媒體自然不放過，十字星企業的股價也一瀉千丈。

媒體報導和事實有很大的差距，沒有什麼好驚訝。總之，我想不管比利‧席格的法律責任如何，應該和我沒關係了吧！我現在可以多分一點心思來幫忙麗河尋找「偉特‧諾瓦克」。

除此之外，我還特別注意到另外一則新聞，警方宣稱「馬克‧華齊命案」已經有所突破。因為有神祕證人指出，死者除了和女性交往，還為男士提供性服務。死亡原因並不單純，不過警方已經掌握相當證據，不日中就會宣布破案。

馬克‧華齊曾經是我上網搜尋「偉特‧諾瓦克」的命案名單中的一個名字，也曾經特別關注，只是資料不全，還有死亡時間不對，所以就把它忽略掉了。

我嘆了一口氣。從葛玲充滿憂傷和絕望的臉切換到麗河恐懼憂慮的表情，彷彿是夕陽西下和旭日東升，看起來一樣美麗，感受是完全不同。這個比喻不妥，尤其是在皓月當空的夜晚。或許她們是分不出誰是鏡中人、誰是鏡外人的兩面體，至少對我而言。

心血來潮，我上網查詢馬克・華齊命案的資料，發現有關死者的生理特徵似乎和我只有見一次面的「偉特・諾瓦克」大同小異。我花了一些時間研究之後，果然有些收穫。於是，我立刻邀約了麗河和阿方。但是，由於沒有說清楚的目的，結果麗河和阿方都誤會了。兩個人都以為我要當紅娘，為雙方搭起友誼的橋樑。哭笑不得的我只好將錯就錯。

我提早一小時下班，因為先約了麗河，因為想在阿方出現之前，能夠和她多聊聊。地點就在一家看得見金門大橋，位置在尤蘇莉大賣場外頭的咖啡屋。

這裡是開放式的咖啡廳，天花板是以黑色的木條編隔成蜘蛛網的圖案，中間有六角形的大燈。靠牆有個裝飾用的架子，上面有一盆花，主要是粉紅色的玫瑰，加上松、柏、楠等長青的葉子，非常的東方情調。旁邊分別有兩座一模一樣的燈，此時正是天花板上的那盞大燈出鋒頭的時候，所以它們倆只好垂眉斂目，站在一邊涼快。牆上掛著一幅版畫，只看見深色的曠野上有著枯樹和一輪很大很大的月亮。版畫的正前方，有隻特殊造型的椅子，上面坐著一個正在大聲講手機的女人。

她讓我想起外號「高德先生」的蜜娜，曾經誤以為她是變裝皇后，讓我感覺好笑。

我在她的身旁走來走去，清晰而完整的句子毫不費力地掉進我的耳朵。

「喂！妳為什麼要搶走我的男朋友？」

「少不要臉了！妳忘了妳是有夫之婦嗎？」

「離婚是妳家的事，談戀愛和結婚是我家的事。我警告妳，少來惹我，否則要妳好看。」

憤怒的女人把手機從右耳換到左耳，顯然已經講了一段不算短的時間。原本的煙視媚行滲進了一絲絲詭異的笑容，彷彿是個慣行犯，篤定不會被人發現。縱然被人發現了，也沒什麼了不起，自有解決的方法。她又把貼在左耳的手機移到右耳去，此時她只聽不說。

無聊的我抬頭去看掛在牆上的版畫，忽然發現樹枝上停著一頭金色的貓頭鷹。圓滾滾的眼睛瞪著我，讓我想起比利的恐懼和厭惡。不知道為什麼，我眼前的貓頭鷹慢慢地變成紫色……

窗外柔和的陽光在屋上閃爍，我一面等待，一面在餐巾紙上用英文寫著一首詩。

麗河準時出現，鬱鬱寡歡的神情和無精打采的態度沒有因為看見我而稍稍改變。我覺得她的身形豐滿一些，是不是因為那頭長髮綁成馬尾，讓臉型寬闊一些。還有，寬鬆的淺色碎花上衣和灰黑幾何圖案的長裙所造成的視覺誤差。但是，整個搭配非常合宜地傳達出她的性格和品味。

麗河微笑著問：「這麼認真，記筆記啊？」

「我想寫一首送給妳的詩。」我半認真、半開玩笑地說，「請不要遞給我嘲弄的眼神，以及虛偽的恭維。其實我只是想要表達，一些時常被忽略的線索。」

麗河大笑地說：「你這種方式的表達，讓我更是一頭霧水了。」

我想要秀馬克．華齊的照片讓麗河確認時，一個刻意打扮的潮男，以時尚天王姿態出現。他就是介紹我去費雪偵探社當檔案管理員的阿方，他也是舊金山的刑事警察。自從「十隻螞蟻」命案之後，我們就沒再見過面。

阿方目不轉睛地望著麗河，經過我介紹雙方認識之後，他很自然地加入我們的談話。我感覺麗河對阿方的印象不差，讓我有種悵然若失的感覺。

我問阿方近況如何，他很直接、很愉快地告訴我，他已經被升職，負責外勤。我不留痕跡地探聽他目前正參與的「馬克・華齊命案」的偵查。他似乎太興奮，急於和我這個私家偵探分享。不，應該是想在麗河面前展示一番。因此，敢於冒著被處罰的風險，進行洩密行為。

話說在舊金山栗子街的一處公寓，發生一件撲朔離奇命案。死者是馬克・華齊，一名四十歲的白人。以下是阿方的描述：

> 當時，馬克・華齊命案呈現膠著的狀況。阿方跟著執行任務的歐圖警官再度拜訪重要關係人野口太太。她是死者的房東太太，也是案件通報者。
>
> 阿方和歐圖警官透過對講機，向野口太太確認身分後，才進入這棟略顯老舊的七樓公寓。七樓僅有兩戶，野口太太住右邊，旁邊是大馬路。
>
> 兩人剛走出電梯，對面的門戶大開，站著一位急躁不安的中年日本婦人。長相非常平凡的野口太太一看見他們立刻綻開笑容，似乎迫不及待地表示她為人的熱忱和好客
>
> 她迎賓入屋，連環炮似地說：「請進，快請進。外面熱吧！先吹吹冷氣再說吧！請喝茶，冰過的，透心涼耶！還有這是水果，人家送的，我們家都捨不得吃，還有……」
>
> 婦人的聲音就像夏日午後的雨，剛開始是令人舒一口氣的清涼。但是……如果下太久

太太的話，就有些煩人，而盼望雨後的寧靜和安詳。

聲音的雨淋到冷氣機，冷氣立刻吐氣如蘭。淋到沙發，沙發立刻伸出雙臂，大聲說：「投入我的懷抱吧！」淋到玻璃盤中紅豔豔的西瓜，她就誘惑地嗯哼一聲，然後模糊地說：「嚐嚐我溫柔而甜美的滋味吧！保證你永生難忘。」

只有那一列豪華的裝飾書，躲在已經天荒地老的玻璃櫃裡，無聲無息地看著三個人。

「我叫野口夏江，這裡的人都叫我野口太太。我是日本大阪人，十五年前嫁到舊金山來。十五年前的舊金山和現在真是大不相同。我先生剛開始就在於漁人碼頭做工，後來被一個『白色海灘』拐跑了。」

「白色海灘？」歐圖警官有些不解。

「白色海灘就是白種女人，海灘是亞洲人對婊子的婉轉說法。」

「原來如此，真是有趣！」

阿方覺得好笑，想起小時候，英文不好的母親動不動就罵看不順眼的女人「海灘、海灘」。

歐圖警官想到什麼，迷惑地看著野口太太，問：「可是妳……」

「喔！他浪子回頭，我們破鏡重圓。」

歐圖攤攤手、聳聳肩，阿方則偷偷翻了個大白眼。

野口太太足足講了三十分鐘，歐圖警官利用個空檔插進去，問：「有關馬克‧華齊的死，是您報的案？」

「當然啦！」野口太太開講之前，又強迫阿方和歐圖警官吃了一片西瓜，彷彿這是談話的條件之一。

「昨天我在家做手工，你們知道手工吧！就是替高級服飾店設計的禮服縫亮片。現在的物價上漲，薪水老是那麼一點點，身為家庭主婦不能不設法賺些外快，貼補家用。不知你們聽說過沒有，有些家庭主婦都利用……」

阿方和歐圖警官都看過那則「主婦賣春」的新聞，可是面對「徐娘半老、風韻不存」的野口太太所說的話，都感到有些些不自在。

又過了十分鐘，她才稍稍轉上主題，說：「做到快完工的時候，忽然有人猛按電鈴。首先我以為是債主上門，因為我為了……啊！這是私事，不好意思說，反正就是那個嘛！仔細想一想，日子又還沒到，便去開門。結果是小琳。小琳就是馬克的女兒，讀七年級，聰明可愛，功課很好，我喜歡她，常常拿餅乾、糖果給她吃。」

歐圖警官唯恐野口太太又用「巨大的篇幅」來描述小琳，就趕緊問道：「她怎麼了？」

「她一面哭，一面說她爸爸死掉了。我半信半疑快跑去看，只見室內一片凌亂，華齊先生倒在地上。我又驚又怕地走過去，只見到他臉是很可怕的紫藍色。我不由得尖叫一聲，正想掉頭就跑，看見可憐的小琳，強迫自己定下心來，打電話報警。」

「後來呢？」

「警方就趕來處理，也不知道他們查出什麼。沒多久檢察官和法醫就來驗屍。」也許是涉及專業知識，野口太太這次的說話是空前的輕薄短小。

「怎麼沒看見華齊太太出面呢？」

「他們早就離婚了！」野口太太做了個深呼吸，準備一口氣講下去。

歐圖警官適時打斷野口太太，迅速接下去說：「麻煩妳帶我們到現場看看，好嗎？」

「你真是太客氣，這有什麼問題嘛！」

野口太太領著兩位往頂樓走上去。其實，那只是在七樓的屋頂蓋了個套房，應該是違章建築吧！野口太太打開了鐵門，藍色的天空就呈現在眼前。

黃昏的天空是個大花園，紅玫瑰、紫羅蘭、黃櫻桃……太陽下山時，所有的花都睡著了，只有銀色櫻花般的星星，在窗外的高樓大廈上頭閃爍。

當我發現阿方只是對著羅麗河侃侃而談時，為了驅逐被冷落的感覺，就拿出手機上網搜尋馬克・華齊命案的新聞。當了私家偵探之後，我知道有幾個專門爆料犯罪事件的網站。雖然真假參雜，但是，卻帶給我很多看法，引申異想天開的推理。一小時以前，我已經做過功課，可是如今經過小方的臨場說明，我有更多的想法。

馬克・華齊住的屋子是角間，所以只有一邊和鄰居相連。鄰居不像野口太太那樣搭了套房出租，而是弄了個有模有樣的花園和遮陽棚，還擺了幾隻休閒椅。阿方再仔細研究，那個花園的設計和布置，精心用鏤花的鐵架與野口太太這邊隔起來。如果想要從這個方向逃逸，兇手一定要身手不凡。假設翻越過去，如何進入鄰家的住屋，再設法逃逸？或是從相當八樓高度跳下去。想來想去，都是不可能的事情。阿方已經從調查報告得知，因此也不想多傷腦筋。

野口太太看著兩位警察開門，進入命案現場。自己站在門口觀看，顯然是專心預備今晚和野口先生的談話材料。

呈現在大家面前的是小小的客廳，往左方是廚房兼餐廳，右方則是衛浴設備和兩間臥室。歐圖警官和阿方繞了一圈，然後站在餐廳的地方，有扇落地窗，窗外是空無一物的小小陽台。

阿方默默不語，查看著大門和鐵門的鎖，並沒有任何遭受破壞的痕跡。

「據死者的女兒表示，她下課後回家，搭電梯到七樓，也就是野口太太的門口，然後再爬一層樓梯，回到自己的家。她用自備的鑰匙打開鐵門和大門。」歐圖警官接著說：「這種鎖是雙重鎖，也就是說一定要用鑰匙才能鎖上。如果兇手得逞之後，從大門逃逸，絕不可能當小琳回家時，還要用鑰匙開兩次。」

「兇手離開，拉上門的話，小琳只要開一道鎖。」阿方點點頭，表示瞭解，但又接著發問：「所以，會不會兇手殺死馬克・華齊的時候，還留在屋內，小琳跑去叫野口太太時，再趁機從樓梯跑走？」

「可能嗎？剛才野口太太不是說嗎？小琳猛按電鈴，然後她就去開門。這表示從頂樓至七樓的關口，都有她們兩人把守。如果野口太太還沒有出現，至少有小琳把守在電梯口。」歐圖警官似乎是在問自己：「馬克‧華齊是被勒死的吧？」

阿方答：「嗯！他以頭部朝地的姿態倒在地上。就在那個角落。」

「馬克的腳部朝著客廳的牆壁，右邊和臥室的窗保持平行。兇器就落在臥室的窗下……」

「兇器？鑑識科曾對我說，是有寬度的、柔軟的布條。」歐圖警官沉思了一下，說：「很令人費解的兇器！」

「是呀！一般而言，絞索大部分都是皮帶、電線或一些有伸縮性的繩子，不大可能用這種柔軟的寬布條。或許兇手別有用意吧！」

阿方一面說，一面再望向曾經倒著屍體的角落。

牆壁上掛著一幅油畫，是那種粗製濫造的複製品。畫面是深山瀑布，火紅的楓葉，平靜的湖面上有小船。阿方愈看愈近，不由得伸手去摸。雖然已經完成鑑識，阿方還是很小心，盡量避免留下指紋。然而，他不是摸畫，而是掛畫的釘子。

歐圖警官向野口太太招招手，問道：「野口太太，華齊先生死了以後，她的女兒怎麼辦？」

野口太太滿有節制地回答：「只好回到媽媽那一邊。」

「華齊先生有沒有和人結怨？」

「不知道。我只知道他欠人家錢，數目多少不清楚。」

「有沒有奇怪的人來找過他？」

「有，離婚的男人怎麼會沒有女人，尤其是像馬克那樣的男人。」

歐圖警官自然明白野口太太的意思，馬克·華齊是個長得很好看的肌肉男。面對只剩下一點點男性魅力的歐圖警官，野口太太竭盡所能發揮她個人所擅長的奇思幻想，讓無奈的歐圖警官不忍心也不願意打斷對方的談興。她從頭到尾，足足說了二十多分鐘，用字遣詞之豐富，表情聲調之精彩，真是無以倫比。

歐圖警官偷偷地對發呆的阿方說：「我已經聽過第二遍了！據我所知，野口太太所說的那些人，經過調查，都有明確的不在場證明。」

「那你還要再問？」

「唉！我以為有新的資訊。」

兩人一邊討論，一邊離開馬克·華齊的住處。下了樓梯，就在野口太太的家門口搭電梯下樓。

離開沉悶的建築物，兩人並肩走在路上。

「怎麼樣？有沒有什麼心得？」歐圖警官問。

阿方答道：「誠如我們的偵查，一定要熟人才能進入馬克的屋子。那麼他如何離開？為什麼要用那種寬柔的布條勒死他？馬克的人際關係並不複雜，稍微有嫌疑的人都被過濾過了。除非……」

「除非什麼？」

「我也不敢確定。」阿方眼睛一亮，說：「我們回去仔細看馬克的屍體，就是現在。」

我聽到阿方說要回去看馬克的屍體，剛好讀到了其中一則附有照片的報導，讓我起了雞皮疙瘩——馬克・華齊的皮膚呈紫藍色瘀血，點狀的出血表示小血管破裂，出現在全顏面部的皮膚。最令人怵目驚心的是，額頭有個嬰兒嘴般大的傷口。如果把馬克・華齊的面孔聯想成旋律的話，絕不是傷懷的情歌，也不是悲愴的夜曲，而是道盡舞台人生、荒遠滄桑的哭調。

我把手機的畫面秀給阿方看，問道：「怎麼解釋這個傷口？」

阿方並不追究我如何取得那個畫面，倒是篤定地說明：「華齊先生被勒死之後，被兇手推倒在地所造成。」

「如果死了之後，因血管的關係，傷口不可能……」

「檢察官也提出同樣的疑問。法醫解釋，死者在生前額頭就有了舊傷，所以當遭受襲擊，也就是被勒死之後，推倒碰觸地面的地方就是那裡，所以才會造成那麼嚇人的口。如果不是布條還纏在脖子上，任何人都會以為額頭的傷口才是致命傷。」

阿方看著專心聆聽的麗河，臉上的表情愈來愈得意，拿著我的手機，放大照片，繼續查看馬克的脖子。

「這條奪命索向後上方斜走……」我指著那一道明顯而橫走的索痕，說：「看起來兇手比死者高許多。好像是由後方絞頸，所以布條由前方向後方牽扯之故。」

「如果死者身高一八〇公分，看這索痕，兇手恐怕要一九五公分以上。」

「死者身高一八二公分，鑑識專家也判斷兇手很高，大約二百至二一〇公分之間。而且這種絞頸的方式，並不常見。」

「既然如此，或許是兇手站在比較矮的椅子上。」

阿方斷然地說：「不可能。因被害者掙扎，就會把加害者撂倒，那是冒險性的殺人行為，兇手不會那麼笨。何況犯罪現場也沒發現高度符合的椅子。」

我被一陣搶白，只好閉嘴不說話。眼角望見羅麗河正專心專意聆聽，用叉子撥弄著擺飾在豬排旁邊的馬鈴薯泥。她發現我們停頓下來，立刻展開笑容，說：「怎麼了？不是正說到最精彩的地方嗎？」

阿方把手機還給我，接著對麗河說：「不錯，從馬克・華齊的屍體看來，真的很像是被勒死。可是請想想那些疑點——兇手約二百多公分，這種身高的人是很罕見的。雖然可縮小範圍，可是反而呈現出不可能的現象。另外的不可能是兇手逃逸路線，剛才已經說明過了。」

我聽著阿方的陳述，讀著網路上看的照片和種種似是而非的資料，我的思想如行星般隨著恆星運轉。

「是自殺！」我大膽假設。

「是自殺？」阿方倒是老神在在，反問了一句。

「等我把所有的推理過程交代清楚之後，我們再做結論吧！」

「你們也認為用那一條寬柔的布當兇器很奇怪，而我認為那是馬克因為某種動機想自殺，卻又不願被人看出端倪的自殺工具。首先，他可能用布條纏繞自己的脖子，纏繞兩圈，因為第一圈完全包住脖子，看起來像是被人用絞勒，如果只有一圈，脖子後面沒有勒痕，法醫不會判定絞死的！

「脖子纏好之後，馬克將另外一端吊在掛畫的鐵釘上，然後以非典型的縊死方式自殺。你念過法醫學，所以應該知道縊死分典型縊死和非典型縊死。典型縊死是繩索繞過頸兩側，足離地而以全身重量拉緊而壓迫頸部。

「馬克則是足尖著地，以臥姿作用於布條的力量為體重的部分。因為臥伏位縊死時之布條於頸周圍做平環狀橫走，所以會被法醫初判為絞死。我們暫且不要判定誰對誰錯，最重要的一點是證據。等一下你回局裡，取出那條寬柔的布。我知道材質是棉，如果有縐紋的話，因為……」我看著阿方和麗河，繼續說：「如果有人絞死馬克，勢必用力扯布條，所以會有縐紋，否則就是自縊。所以，千萬要做模擬測試，看出其中的差別。畢竟我只是想像，沒有實際根據。

「還有，請注意布面是否有裂痕。這一點，既然馬克有心自己布置成被勒死，那麼纏在脖子上的布自然不能被人發現和牆上的鐵釘相連。他一定在縫起來的地方，留下缺口，當自己的體重不停地施壓於布條時，就會裂開。額頭上傷口就是由此而來。」

「而且我認為，第一次行動並沒有成功。」我指指自己的額頭，說：「記住那舊的傷口嗎？」

「二百公分以上的兇手就是掛油畫的鐵釘。其實我剛才也說過，我有檢查那個釘子，只是沒有想太多，也沒注意什麼異狀。如今謎底都揭開了，我要快去check那個堅硬的小小兇手和柔軟的兇器。」

異常興奮的阿方猛然站起來，心不在焉地點一下頭。然後不顧禮節地拋棄一見鍾情的麗河，還有屢次為他提供破案靈感的我，迅速離去。

我望著阿方跌跌撞撞、離去的背影，嘆了一口氣。幾乎同時，麗河也嘆了一口氣。

「怎麼啦？」

「我解脫了！」

「什麼？」

「我脫嫌了！」麗河一掃原先鬱鬱寡歡的神情和無精打采的態度，笑容可掬地說：「我不再是殺死『偉特』的嫌疑犯！」

我凝目注視麗河，她顯然是認真的。我用沉默等待她下一步的說明。

「原來偉特・諾瓦克就是馬克・華齊。」

我仔細想想，立刻恍然大悟，但還是有著解不開的謎團。

我們離開餐廳，停車場就在街角，前面種了很多杜鵑，現在不是花季，所以只見到茂密的綠葉。

天空像塊用洗潔精努力擦拭過的深色玻璃，微微的亮光是都市燈火烘映上去的。一盤銀白的月亮就在不遠處，簡直不像是月亮，而是正午的太陽，銀白的光線強烈得幾乎會刺眼睛。就在我狐疑之際，並猜想著今天是不是農曆十五，才發現那一盤銀白的月亮的下方有根柱子。只因為我的疏忽，所以才把圍牆的水銀燈，誤認為月亮。而真正的月亮，是在一團慘青色的浮雲中。因為浮雲的保護，所以月亮還能放出一點點光芒。我情不自禁地笑出聲來。

「怎麼啦？敏家。」

「被那個假月亮騙了！」

「喔！原來如此。」麗河想了一想，「我也被騙了！」

「哈哈哈。」我先大笑，麗河也跟著我大聲笑出來。

但是，我心中卻有無限狐疑，想起當時我們在Rorei B&C休閒中心，麗河恐懼慌張地對我訴說……

> 瞥見偉特的身上，除了紫色的披風、紫色的陰莖加長套之外，他的臉……他的臉上掛著一副紫色羽毛的眼罩，非常恐怖的樣子。那展開的披風，好像孔雀開屏。我好像又看到一個紫色的東西黏在胸口，尤其是接近黑色的濃稠液體。我想尖叫，可是轉念之間，或許他裝扮成死人，企圖把夜的遊戲提升到到最神秘的高潮。於是我慢慢靠近，然後跪在床邊。我不小心碰觸到他的腳趾，我指尖的觸感是冰冷而僵硬。我感覺頭好痛，好像……在濃香中我似乎嗅到一股腐敗的腥臭。那個時候，我抬起頭好像……好像看到黏在胸口的東西是一把刀，幾乎全部沒入偉特寬厚的胸腔裡，只露出紫色的刀柄。當我的眼睛和他那半睜的眼睛相對時，我再也禁不住地尖叫起來。

當我對麗河說出心中的疑惑時，她竟然忘得一乾二淨。難道這是她的幻覺？難道誠如她所說，她被下了藥，一種讓她產生幻覺的藥。這是不無可能的。然而，如今追究起來，已經沒有意義了！

我低頭看看麗河左手的食指，還貼著ＯＫ繃。

「怎麼啦？」

「我那一天在你家，不小心割破了手指。」

「那麼久了，傷口還沒癒合？」

麗河皺皺眉頭，說：「是啊！」

停車場為了預防有人翻牆而過，所以在收費亭的圍牆上插了一層碎玻璃，遠遠看去彷彿是一排參差不齊的獠牙，此時正細細地啃蝕著天空。原本被我誤以為大月亮的水銀燈更亮了，那光線不是直直地透射，而是以燈面為中心，一小弧一小弧地彈出來，彈到對面建築的玻璃窗時，就乖乖地構成無數支發亮的小羽毛。

夜，一點一點地老了。

第十二章　威靈頓太太說故事

去年，我在夢中種了一棵柳樹。
今晚，我發現在街頭流浪的獨角獸。
詩和真實的人生互相捉弄、愛戀，
風繼續吹，直到靈魂開始燃燒。

舊金山市立精神病院心理分析科的李丹醫師說：雖然現實和夢想有差別，但還是會有所重疊。執迷於夢想的人可能功成名就，也可能一無所有，但安逸於現實生活者必然是一個簡單快樂的平凡人。

我出現在費雪偵探社的時候，已經是吃過午飯的時刻了。今天的太陽特別燦爛。剛才開車時，金門大橋是條橫陳在天宇的紅色巨蟒，而如今我從玻璃電梯望出去，幻化成展翅的金鳳凰，正欲從藍藍的海面飛向遠方。

不知為什麼，我每次看到那座橋就會有不同的形容詞產生。娓娓細訴著一段又一段的人生物語，引誘我懷想起遙遠的故鄉。

乘坐著電梯，不斷往上竄升的我幻想把自己化身為一個玉樹臨風的美男子。但是，那張俊美非凡的臉，也因為玻璃窗外刺眼的光線和凹鏡作用，讓鏡面上的倒影扭曲成可笑的怪物。

我進入偵探社，費雪先生外出，比利・席格的案子終結。檢視手邊的工作指令也全部解決。至於「偉特・諾瓦克」的死亡之謎，也就是馬克・華齊的死亡真相已經告一段落，我還是不明白他為什麼會和麗河搞出這麼一場怪劇。

經過粗略的推理，我猜想馬克・華齊，也就是「偉特・諾瓦克」邀約麗河到保羅・席格的舊房子度週末，可能是想「表演」給保羅・席格觀賞。這狀況就如同百合邀約我一樣。至於他為什麼下藥迷昏麗河，我百思不得其解。人都死了，已經無法追究。

至於「偉特・諾瓦克」穿上色情電影《紫色飛鷹》的戲服，讓麗河聯想到「孔雀開屏」，百合說過「像是童話中鳥人的打扮」，我曾經的匆匆一瞥，不也聯想到蝙蝠俠嗎？所以，葛玲曾經說過「讓比利最恐懼的貓頭鷹」，不就謎題揭曉了嗎？當時的小比利，不正目睹迪克正和自己的母親在翻雲覆雨嗎？那一襲「紫色飛鷹」的戲服，讓小比利小小的心靈，產生了貓頭鷹的陰影，還有厭惡紫色。他和迪克在「保羅・席格」的舊房子，百合所目睹的一幕，正是讓比利記起母親的死因。

百思不得其解，我只好把我的困惑寫下來，用E-Mail寄給蜜娜。

無事一身輕的我走過去和威靈頓太太有一搭、沒一搭地聊天。不知怎地，就扯到我們的外包商高德先生，也就是貨真價實的蜜娜小姐。

「聽說蜜娜也是個孤兒，和迪克從小就認識。」

「豈止認識，他們曾經是夫妻。」

我有些驚訝，但不意外。威靈頓太太不需要我的暗示或慫恿就開口，滔滔不絕地說出一段傷感的故事。

「蜜娜從小在孤兒院長大，孤兒院的院長是一個信仰很美好的修女。她把蜜娜教育得很好，所言所行都能見證上帝的慈愛。依照孤兒院的規定，十八歲那一年，蜜娜必須離開孤兒院。院長送給她一條十字架項鍊，象徵基督的愛永遠與她同在。自求多福的蜜娜，到工業區當女工。這段時間，單純的她和已婚的領班糾纏不清，最後被大老婆抓姦。為了自保的領班昧著良心說他們之間是金錢交易，害得蜜娜不但丟了工作，還吃上官司。當時那個領班騙蜜娜說自己是單身，兩人拍婚紗照的時候，因為造型之故，那條簡單樸素的十字架項鍊被鑲滿假鑽的項鍊所取代。蜜娜隨手將十字架項鍊放在皮包裡，從此就遺忘了。」

威靈頓太太真是個會說故事的人。遺忘的十字架，代表被神遺棄的人生。

「蜜娜離開原來的工廠後，善良的她並不怨恨那個領班。具有正義感的男同事，幫蜜娜在另外的工廠找到類似的工作。感激之餘，蜜娜接受了男同事的感情。這個男同事什麼都好，就是眼高手低，好高騖遠。蜜娜為了幫助他，把所有的積蓄給了他。後來那個男同事，不知道是受不了蜜娜的好，還是另外有什麼苦衷。總之，他一句話也不說地離開了蜜娜。」

我完全被威靈頓太太優美的英文和曲折哀怨的情節征服了。

「後來，蜜娜和同樣在孤兒院長大、小她五歲的迪克・莫登異地重逢。同是天涯淪落人，相知相惜後奉子成婚。」

「再下去，蜜娜應該找到真愛了吧！」我明知事實不然，仍是口是心非。

「本來以為孤單悲苦就要離她遠去，幸福美滿的人生就要開始。殊不知接著結婚進行曲之後的是永無休止的悲愴交響曲。新婚不久的迪克・莫登因為吸毒入獄，蜜娜立刻申請離婚，帶著還在襁褓之中的女兒遠走高飛。」

「蜜娜太絕情了吧！」

「話不能這樣說。蜜娜發現迪克・莫登不但吸毒，還扯上黑道的恩怨是非。為了自己和女兒的安全，所以才徹底斷絕和迪克・莫登的關係。」威靈頓太太繼續說：「蜜娜再婚，卻只有半年的幸福。悲慘的命運還是不放過她，佔有欲強烈的丈夫開始虐待她，因為他懷疑蜜娜對前夫舊情難忘。」

「後來呢？」我已經完全無法抽離蜜娜的悲慘世界了。

「周遭的人看著她默默地過著心甘情願受虐的生活，一滴眼淚都沒有流。但是，只有蜜娜自己明白，她是有苦難言地過著「心乾情怨」的生活。也就是說她的心乾枯了，她怨的不是人，而是一直捉弄她的命運。當唯一依靠的小孩在一次意外喪生之後，再也無法忍受的蜜娜終於走上絕路。她趁著眾人沒注意，偷偷爬上了樓頂。當她正要往下跳時，眼底下交叉的十字路口，彷彿是她遺失多年的十字架，奇蹟般地神似。剎那之間，蜜娜領悟上帝賜給她的啟示。」

天哪！威靈頓太太，妳簡直是言情小說天后啊！

「後來呢？她怎麼成為一位私家偵探。」

威靈頓太太正要開口，我的手機響起，我沒好氣地看著來電人名，輕輕一點。

「我是阿方，你在哪兒？」
「偵探社裡啊！正在工作啊！」
「講話方便嗎？我正在看馬克・華齊的案子。」
「方便，警方來電，能說不方便嗎？」
「感謝你的幫忙，讓我順利完成報告，證明馬克・華齊並不是被謀殺，但又不像是自殺。當我老闆和檢察官重新審核那些檔案，還有陸陸續續出來的資訊和證據，讓他們產生新的疑惑。其中關鍵是來自一通密告電話，所以命令我再確認一遍。」
「喔！」
「我們發現從三個月前，馬克・華齊的帳戶，每個月有三千元的進帳，來自一個和十字星有關的基金會。」
我立刻想到百河口中的熟男，他的名字也叫馬克。
「不過，讓我感到最迷惑的——」阿方停頓很久，顯然在思考，然後一字一句地說：「馬克・華齊的遺容讓我聯想到迪克・莫登。還有驗屍官也很迷惑，他認為死因不是絞死，只是個假象。因為這緣故，我要求檢驗馬克・華齊的血液，竟然和迪克・莫登一樣，都含有相同成分的安眠藥，連濃度都差不多。你對於迪克・莫登命案，有部分的瞭解和交集。至於馬克・華齊案子，如果不是你的推理和協助，也是霧煞煞。所以，我需要你的幫忙。」
「算了吧！幹嘛長篇大論說了一大堆。其實，你們是資源不足，找免費的勞工吧！」
「好吧，你幫我這一次，下次我加倍奉還。」一陣笑聲之後，我聽到對方按鍵的聲音。

我收起手機，對威靈頓太太說：「請繼續。」

「你真煩！」

「拜託啦。」

「我已經跟費雪先生報備過了，我今天要提早下班。至於蜜娜的故事，你就自己去問她吧！」

我摸摸鼻子回到自己的位子，電腦螢幕顯示：蜜娜已經回信。

敏家：

前言略過。

依據可靠消息來源，保羅・席格並不滿意馬克・華齊帶來的女孩。於是，馬克迷昏她，另外再去找來合乎保羅・席格胃口的女孩，那個女孩就是莉莉。雲雨過後，莉莉和保羅・席格離開，馬克・華齊留下。至於你所提到的疑問，我的推理如下：

當馬克・華齊發現那個被他迷昏的女孩子醒過來後，走進屋子裡，便故意裝睡。沒想那個的女孩子竟然被嚇得半死。他看到她那樣子，一定覺得很有趣。那女孩子慌慌張張逃離現場，我想他一定在背後跟蹤保護。殊不知，你竟然在短短的時間出現，英雄救美，弄得他只好搞失蹤。另外一種想法：馬克・華齊找上那女孩子，動機本來就不單純，利用這機會把她順手拋棄掉了。

至於你問及紫色的披風和紫色的羽毛面具，迪克曾經告訴我，他應保羅・席格的要求和席格太太做愛時，就是穿上這件「戲服」。我想是不是基於同樣理由，馬克・華齊因此穿上，和莉莉表演活春宮給保羅・席格欣賞。至於為什麼會穿著去參加大遊行，我就不清楚了。

若有疑問，請自行推理。不歡迎來信，否則斟酌收取諮詢費用。

高德先生

讀完之後，我自己弄了杯咖啡。十分鐘之後，打電話給阿方，並說明我的疑惑。

阿方聽完之後，很俐落地回答：「我們利用電腦追蹤，找到一名叫做莉莉的墨西哥女孩。令人吃驚，她既是神祕報案人，又是那個跟隨迪克・莫登來舊金山的女孩。在迪克・莫登命案中，也是關係人之一。」

我心中認為百合除了保護自己之外，可能和迪克・莫登被殺的報復心理有關才會去密告。當然，是否與我有關，暫時不去思索這個問題。

「莉莉坦承她曾經和馬克・華齊做愛給保羅・席格欣賞，地點就是你說的那個地方。但是，保羅・席格不喜歡他自作主張把表演做愛的服裝穿出去遊行，不再去找他。那個時候，馬克・華齊的太太聘請律師爭取女兒的監護權。他慌了，請求保羅・席格的幫忙。保羅・席格不理會，馬克竟然脫口說要開記者會，公布十字星企業總裁的醜聞。保羅見過大風大浪，一點都不在乎。不過，為了教訓馬克，他使用了手段，讓他失去了工作，還慫恿他太太的律師狠狠地羞辱他，弄得他走投無路。第二天，馬克・華齊就自殺身亡。至於是幻覺讓他自殺，還是殘酷的現實讓他自殺，我們無法斷言。」

我掛上電話，抬頭望著空空洞洞的辦公室，無來由地產生一種強烈的寂寞感。於是我暫時離開費雪偵探社，到樓下的咖啡廳喝杯咖啡，看看來來往往的人潮。現在的心情，最適合和睿智的長者交談，所以希望不要被年輕的帥哥美女搭訕。

結果，我想太多了。人海無邊，我卻是孤獨的天地一沙鷗。如今且把他鄉當故鄉，青春滾滾而去。

誰知我會在紫陌紅塵裡，當了個非常庸俗的私家偵探。

詩心碎了，詩情斷了。

詩意等於失憶，失去了對於美好事物的記憶。

第十三章　密室殺人疑雲

我夢見妳來，妳在這一端，我在海的那一端。
我夢見妳去，我在這一端，妳在天的那一端。
妳呼喚我，我聽見了。我呼喚妳，妳聽不見。
妳看我，我看到了妳。我看妳，妳看不到我。

舊金山市立精神病院心理分析科的李丹醫師說：有些人時常會有「陰陽相隔，生死兩相茫」的錯覺。想像一方已成魂，一方尚為人，才會能見與不能見並存、呼喚與聽不見同在。既是思念，又是牽掛，才會醒來依然在夢中。

我一個人在費雪偵探社，想在臉書寫些什麼。發現杜素卿已經接受我的邀請，於是我去看看她的臉書內容：

某月某日

我曾經犯了一個很大的錯，這個錯讓我付出很大的代價。不過，感謝上蒼，在我付出代價之前，讓我深深瞭解，罪與死都是人一生中的宿命，死是結束也是開始，罪則是生死之間的潮起潮落。

某月某日

我在心中嘆了一口氣，人一生下來，就是註定要受苦受難，必須為他們的罪付出代價。但是，償還了前世，又欠下了今生。這樣的輪迴，何時絕？何時休？我的前半生就是一個充滿罪與死的故事，所以那個黃色的、圓形的、亮亮的東西就是從生之喜悅到死之最後一滴眼淚，也是從死之解脫到生之第一滴眼淚。不知不覺，我對自己的人生也有同樣的感觸。

某月某日

我心想「死了」是什麼狀態？動詞是肉體的死，形容詞是靈魂的死。兩者都是浪潮往下掉落的那一段，表面上死了，實際上還沒有，很可能又是另一個高潮的開始。生而後死是自然的律則，死而後生是上蒼的恩賜。人的一生不都就是這樣嗎？從高潮落下低潮的那一刻，可說是從極樂到極悲，也可說是從極悲到極樂。

我不知道那是杜素卿的無心之言還是心靈獨白，不過有幾則留言令我陷入沉思。素，妳一定會把那個人狠狠丟到地獄裡去。哈哈哈，如果我沒猜錯的話！

不只是妳，我一定會把那個老怪物狠狠丟到地獄裡去。

振作起來，妳一定會戰勝邪惡。

我一看留言者是個署名丹尼‧伍德的男子，我去查他的個人檔案，是一個動物生理學家，在一家附屬於十字星企業的小型實驗室擔任主管。

至於杜素卿所提到的那個黃色的、圓形的、亮亮的東西，我記得她曾經在大學時代跟我分享過，只是現在一時想不起來。

微弱的雜音引起我的注意，我抬起頭，彷彿依稀中，有條鬼魅般的影子，幽幽然、飄飄然地站在客廳的窗邊。

「妳是……？」

我望著陌生女子的藍色背影，警戒地發問。

「對不起，我是蜜娜，嚇到你了嗎？帥哥。」

我定神一看，果然是外號高德先生的蜜娜，不禁為自己的神經質感到好笑，也許真的是太多的胡思亂想，把腦袋和眼睛都弄迷糊了。如果我和蜜娜的第一次相見，她讓我誤以為是個濃妝豔抹、花枝招展的變裝皇后，這次意外出現的蜜娜給我的錯覺，則好像是個眉清目秀、面帶愁容的頹廢男子。

「什麼風把妳吹過來？」

「我發現大門沒有關，所以就自己登堂入室了。」

「沒什麼啦！妳是費雪偵探社的外包商，又是我們的朋友，幹嘛這樣客氣。妳還沒說是什麼風把妳吹過來？」

「費雪先生和威靈頓太太不在？」

「費雪先生外出，威靈頓太太早退。」

「正好，我有事拜託你。我不想讓他們知道。」

「無事不登三寶殿，有關迪克・莫登的事情嗎？」

沒想到我隨口一句，好像剝洋蔥似地，引出了蜜娜的淚水，這下子我可慌了。

「蜜娜，妳怎麼啦？」

「嗚……對不起……請問洗手間在哪裡？」

我指了指方向，她三步併成兩步地衝入洗手間，同時把門關上。我聽見自來水沖擊洗面台的聲音，其中夾雜著蜜娜的哭泣聲。一時之間，我也不知如何是好，只好任時間悄悄而過。

大約十幾分鐘之後，她再次出現在我的面前，我注視著紅腫著眼睛的她。此時此刻的蜜娜恢復了正常，更表現出在逆境中，非凡的堅強。

我們進入小小的會客室，各自就座。圓桌上放著威靈頓太太為來訪客人準備的小點心和飲料，我自己拿了一顆口香糖。

「他們說梅姬是意外死亡。」

「他們是誰？還有梅姬是誰？」

「他們是警方，梅姬是犯罪實驗室的科學家。」

「那麼誰不認為如此呢？」

蜜娜的上身微微向前，堅定地說：「我！我本人。」

我把椅子往後退一下，說：「我們慢慢談，或許會有意想不到的想法和結論。」

「我不敢奢望，只是我實在非常需要一個人聽我分析講解，否則我會被憋死，因為幾乎沒有人會相信我的話。後來，我第一個想起費雪先生，可是他正在主持舊金山犯罪研討營，所以第二人選讓我想起你。我聽過費雪先生和威靈頓太太對你的正面評價，因此我相信你會替可憐的梅姬討回公道。」

蜜娜說到一個段落，雙眼又泛出淚水。

「梅姬‧福斯博士是我的密友，一個非常優秀的病理學專家。我們的關係是現在流行的說法，情人以上、夫妻未滿。我們才說好一起晚餐，沒想到我回到我們的家，就被通知她暴斃在實驗室裡。我簡直是無法接受這個可怕的事實。」

在我人生的過程，遇過很多類似的人，聽過很多類似的故事。有些人似乎是可憐之人必有可惡之處，有些人讓我迷惑為什麼他們的命運那麼慘，運氣怎麼會那樣差。蜜娜未免也太……。只剩下友情的前夫死於非命，她或許還可以承受。忽然失去好不容易遇見的同性密友，怎麼可能只用「情何以堪」四個字來形容呢？

我安慰她，輕聲地說：「事情已經發生，我們就忍痛接受。首先就從梅姬的屍體，如何被發現開始說起吧！」

「昨天下午三點鐘左右，由梅姬的另外一位同事發現的。梅姬的個性謹慎，不喜歡麻煩別人，凡是自己所做的實驗，大大小小的事情都自己一手包辦。尤其是開始實驗之前、檢驗樣本的前處理，更是謹慎得不得了。那時候，那位同事有一份重要的公文需要簽名，就跑到實驗室找梅姬，隔著玻璃窗看到她正站在抽氣櫃前做實驗。那位同事的階級較低，想敲門，又怕挨罵，可是這份公文實在是太急了，於是只好大膽地敲門，可是梅姬依然專心地做她的實驗，不加理會愈敲愈急促的敲門聲。那個同事感到大事不妙，就自作主張地進入實驗室，才發現梅姬僵著身體，靠在抽氣櫃前，氣絕身亡了。」

蜜娜口中所吐出來的字句彷彿是照著劇本唸出來，低沉而且毫無抑揚頓挫，讓我感覺不出說話的她，是否已經痛苦到麻木不仁了。倒是她那雙由淚水洗過的眼眸，潔亮得令人悽然。

「梅姬是怎麼死的？」

「吸入過多有毒溶劑的毒氣，這也是令我大感困惑的一點。當時她正在做有機溶劑處理樣本。」

我的直覺強迫我提出疑問：「樣本？馬克・華齊或迪克・莫登的血液樣本嗎？」

「梅姬告訴我，她已經確認馬克・華齊和迪克・莫登的血液中有類似安眠藥或迷幻藥之類的成分。鑑識人員在迪克・莫登的死亡現場，只發現酒瓶的蓋子。初步判定，酒瓶被兇嫌帶走。所幸在馬克・華齊的死亡現場，鑑識人員發現了破碎的酒瓶。殘留在酒瓶碎片上的威士忌，就成了比對化驗的最佳檢品。梅姬將檢品和市購的同品牌威士忌做比對，確認相同之後，再將檢品多出來的不明物萃取出來，也就是存在馬克・華齊和迪克・莫登的血液中有類似安眠藥或迷幻藥之類的成分。當她正進行下一步驟，就是分析出化學結構式，確認何種致命毒物。」

我完全瞭解蜜娜在說什麼，也瞭解她的憤怒和悲痛。

「她知道迪克是我的前夫，所以她費盡心力想幫助我揪出真兇。」蜜娜極力不讓淚水湧出來，顫抖地說：「據我所知，那種有機溶劑是最新合成的，沸點很低，極容易揮發，而且毒性極強，只要吸入一些，就會神經麻痺。在不知不覺中，愈吸愈多……愈吸愈多……然後中毒身亡。」

「這就是為什麼他們認為梅姬意外身亡的原因。做實驗時，不小心吸入過量的有毒氣體。」

「她是我的密友，我們已經相處四年。我非常瞭解她做事情的態度，絕不可能如此地粗心大意。你想想看，梅姬這幾年的成就，連美國病理大師威爾森博士都來函邀請她，加入他的研究小組。所以，我敢斷言，她絕對不會讓整瓶有機溶劑一直開著，而毫無知覺地猛吸，何況瓶子還放在冰盆裡。」

「既然這麼危險，為什麼不戴防毒面具呢？」

「怎麼說呢？習以為常吧！我也勸過她，可是她說實驗室的同事都不戴。我想梅姬不是懶惰嫌煩，而是認為戴防毒面具的話，容易引起誤判，所以捨棄不用，尤其是這樣本太少量，沒有辦法再重做。反正她都已經做了周全的防護。再說，這又不是第一次，做過很多次的實驗，也都沒有戴防毒面具。」

一知半解的我同意蜜娜的說法，靜靜聽她繼續說下去。

「據我所知，第一，她是站在抽氣櫃前做實驗，產生毒氣的話，立刻被抽走。第二，針對那種有機溶劑的特點，整個實驗過程中，整瓶的溶劑都置放在冰盆中，以保持攝氏十度以下的溫度，所以縱然瓶蓋打開，也不會揮發，所以不會有毒氣產生。」

我雖然不是學化學，但因為曾從事遺傳工程，所以對生物化學實驗的操作過程，也略知一二。於是我提出質問，說：「也許是因為梅姬用吸管或滴管將溶劑從燒瓶中取出時，所以沾黏在管壁的液體會蒸發成有毒氣體，造成……」

蜜娜打斷了我的話，說：「那是不可能的。一方面沾黏在管壁上的液體，份量太少了，縱然會揮發的話，也會被抽走，不至於造成滯留。另外，用過的吸管或滴管都被放入充滿分解液的容器裡面，以策安全。」

我在我們的討論中，猛然瞭解現實生活中的犯罪實驗室裡的儀器設備或鑑識技術，與電視影集中，宛然超級變、變、變的神器和不可思議的神技是有天壤之別的。

「既然意外的或然率幾乎等於零，那麼你是否考慮梅姬是自殺？」

「自殺？哈哈……」蜜娜一陣狂笑，我從來沒有看過女孩子能夠以那種方式來展示笑容，像平劇裡的老生，聲音充滿了悲涼和無奈。幾滴淚水從眼角滑出來，不過被她迅速地拭去了。

「她前幾天才拿著威爾森博士的來函，和我商討這次的歐洲之行，以及我們的明天的浪漫晚餐，包括我們要去我最愛的鳳凰樹餐廳，餐後要去看月光下的金門大橋。你知道嗎？她連我們訂婚的戒指都準備好了。你說，她可能自殺嗎？」

我無奈地搖搖頭，黯淡地說：「既然不是意外，又不是自殺，難道是他殺。那麼，兇手到底是誰？他的動機何在？」

蜜娜從皮包拿出一疊資料，交給我之後，斷然且滿心誠懇地說：「我把收集的資料全部放在這裡，拜託你撥空詳讀。時機尚未成熟，我不便多說什麼，事情總有水落石出的時刻。但是，我等不及，我求求你幫幫忙，讓梅姬早一天瞑目吧！」

蜜娜說完便起身告辭，我癡癡地望著她融入門框的背影時，腦子裡閃出了德國攝影師Michael Hellhach的作品《往來》。

我趕緊跟隨，陪著蜜娜走出費雪偵探社。從下降的玻璃電梯望出去，窗外的金門大橋又變成銅雕的蝴蝶，流動著黯淡和哀傷的光澤。

我一回到座位，立刻就把資料讀完。可是老實說，一點幫助也沒有。

當晚，我決定留在費雪偵探社加班。大約十點多，蜜娜來電話了，她的話語掩不住興奮之情。她表示：所幸那位發現梅姬遺體的同事的說詞強而有力，警方終於認定梅姬之死是有他殺之嫌，並且開始著手調查。

「嗯！不愧是舊金山犯罪實驗室，那妳有沒有向警方說出妳的想法。」

「我說了，我相信實驗室的人也都認為是某人所為，只是他有完美的不在場證明，所以警方也無法奈他何。」

「妳能不能告訴我，某人是誰？是不是你資料上寫的約翰・史豐。」

「正是他，約翰・史豐。史豐是晚班的鑑識員，他和梅姬研究的路線重疊性很高。所謂一山不能容二虎，兩個人在舊金山病理學會中一直爭得很厲害，當初威爾森博士本來屬意史豐，可是史豐在某次非常重要的國際性會議發表論文時，卻被梅姬抓住了重要的錯誤，當眾讓他下不了台，致使他在學術界的聲望一落千丈，所以史豐無時不刻尋找機會施加報復。」

「警方的態度為什麼會一百八十度轉變？」

蜜娜頓了一頓，回答說：「我也不知道。不過，目前的瓶頸是明明已經知道了兇手是誰，卻無法將他繩之以法。因為梅姬死亡的時候，史豐正在做他自己的工作，而旁邊有幾十個人，所謂完美的不在場證明。」

她的話挑起了我的興趣，於是接著說：「再完美的不在場證明也一定會留下蛛絲馬跡，我們明天一起去梅姬的實驗室，來一次向惡魔挑戰的巡禮吧！」

「好！我就知道你行。」蜜娜的聲音充滿能量，說：「你大約早上九點出發，我會在實驗室門口那邊等你。」

我忽然產生疑問：「他們會隨隨便便讓外人進入犯罪實驗室嗎？」

「你不要輕忽費雪偵探社和舊金山警方的關係。而且，你明天的任務是公出，薪水照給，費雪先生已經批准了。如果順利破案，不但費雪先生有面子，我還會幫忙替你申請協助破案獎金。」

我笑笑地掛斷蜜娜的電話，睡前給自己倒了一杯威士忌。

我整晚睡得很不安穩，時睡時醒，乾脆起床上網找資料。好不容易等到九點，立刻披上外套就往外跑。鉛白的雲重重地壓在遠遠的山頭，也許壓得過狠了一點，就從大樓之間流出來，化成了絲絲的霧，連奔帶跑地盤據了早晨的路面，來往的行人都成了朦朧的魅影。

我開車沿著市場公路開了約十分鐘的車程，然後開始爬坡，不久在一片松林中，看見了舊金山犯罪實驗室的松林區分部。我把車子開進了大門，警衛示意我停車，先問明來意，我說明和蜜娜・莫登小姐在梅姬・福斯博士的實驗室有約。然後，他要求我填好資料，核對身分無誤，再指示我將車子停在畫著白格子的來賓車位。

我走入實驗大樓的大廳，從壁上的標示圖，很快就找到了梅姬・福斯博士的實驗室。當我一走進走廊時，立刻看見等待多時的蜜娜在招手。她身邊有個年輕的男孩，看起來好像還是個大學生。我猜想他就是第一個發現梅姬遺體的人。

經過蜜娜的介紹之後，證明我的猜測正確。大男孩的名字是維克・偉恩，是犯罪實驗室眾多助理中的一員。他領著我們兩人走向裡面的實驗室，指著抽氣櫃說：「梅姬就是靠在那裡。」

「她死的時候，還是站著的嗎？」

維克說：「是的，死因是慢慢吸了那種有機溶劑的氣體，神經慢慢麻痺，然後全身僵直。由於有抽氣櫃前的安全玻璃蓋頂著，所以人就不會倒下來。」

我看了看抽氣櫃，前面凸出一個玻璃罩子，以便讓技術人員伸手進去操作危險的實驗，以免和臉部做直接的接觸。所以，梅姬扶在上面，從外面看她的背部，實在是看不出人已經死亡了。

我往櫃子裡面詳細地檢視一番，發現檯面有一些液體的痕跡。問道：「這些痕跡是水嗎？還是其他的化學藥品。」

維克回答是水跡，並解釋說：「本來抽氣櫃不該留有水跡的，如果實驗做完之後，我一定會清理乾淨，但由於梅姬是最後一位使用這個抽氣櫃的人，結果發生了這種事，我就沒有去清理，所以才會留下這些水跡。」

「水不會蒸發，怎麼會留下痕跡？不會是其他的化學藥品嗎？」

「不是其他的化學藥品。」維克信心十足地說，「因為有恆溫恆濕，所以水氣不容易蒸發，才會留下痕跡。」

「從這些水跡的位置看來，應該是維持溶劑低溫的冰盒所遺留下來的，就是所謂『冰箱冒汗』的現象。妳說：梅姬做實驗總是一板一眼，所有的儀器或藥品都有一定的位置和程序。為什麼會有這種狀況？值得進一步研究。」我轉過身來問蜜娜，說：「什麼原因使梅姬死亡？」

蜜娜深深看了我一眼，似乎在責怪我的明知故問，所以默不作聲。倒是維克很快地回答，說：「吸入過多溶劑的氣體。」

我做了一個「答得好」的手勢，繼續問他：「溶劑為什麼會產生氣體？」

維克接著說：「因為溶劑的沸點低，極易揮發。」

我又問：「可是，外面不是有冰盒保溫嗎？」

維克遇到難題，答不出來了，皺起眉頭來思索。此時蜜娜開口了，她說：「除非冰盒不能保溫。」

維克搖了搖頭，說：「冰盒是我準備的，裡面的冰塊足夠做四小時的實驗——啊！」

然後，他似乎又想到什麼，再度落入極度專注的沉思中。我想說話，卻被他噓了一聲。

實驗室裡的空氣逐漸緊張起來。

蜜娜閉起雙眼，喃喃自語，好像在和梅姬通靈。

維克睜著布滿疑惑的眼神，說：「可是為什麼當我發現梅姬的屍體時，冰盒的冰塊全部化成了水？這是不應該的現象，她八點準時進去做實驗，死亡時間大約是十點鐘，只有兩個鐘頭的時間，冰塊不可能全部融化成水呀！」

蜜娜大叫一聲，說：「除非加熱，才會加速冰塊的融解。」

這個時候，一線陽光穿過濃厚的雲層，微弱地落在白壁上，然後一寸一寸地往上移。不久，整個實驗室就明亮起來。

於是，我恍然大悟地說：「會不會溶劑受到陽光的直射，加熱揮發，或是空調失效，使整個實驗室的溫度徐徐升高起來。」

維克不以為然地說明：「實驗室裡的工業安全日誌記載，那一天的空調，運轉無誤。至於陽光嗎？絕不可能照射到抽氣櫃裡面，因為抽氣櫃也有暗室的作用。」

我想一想，說：「我們現在所討論的，都是針對自然現象。如果有人刻意安排讓那瓶溶劑在梅姬不注意的時候，加熱而使之揮發，而那個人又不在現場——你們認為有強烈動機的那個史豐博士。」

這個靈感是來自我小時候，常常拿個透鏡，將陽光凝聚成一點，使紙張燃燒起來的遊戲。

午餐時間到了，蜜娜表示她非常滿意目前的討論，同時有百分之百的信心，我會解開這個密室中的殺人之謎。我們正要離開現場，維克將腳步移到抽氣櫃的前面，也就是擺冰盒的地方，然後往窗外望出去。

他的臉色大變，顫抖地說：「我知道了！我知道了！」

維克一面大叫，一面好像參加賽跑似地衝出去。我和蜜娜則不願落後地跟了上去。往餐廳走去的人紛紛用好奇的眼光看著我們。一行三人穿過中庭，然後上了另外一棟建築物的二樓。

維克跟兩位正在說話的實驗室人員打了聲招呼，然後急步走向一部安裝在窗戶前的機器前。我和蜜娜隨著他的目光往窗外看，正好看見梅姬實驗室中的那一部抽氣櫃，清清楚楚，巨細靡遺。

蜜娜不解，急聲問維克，說：「你發現了什麼？」

「就是這部機器，這部機器叫做 LR1004，專門製造紅外線，紅外線又叫做熱線。顧名思義，放射出去的光，可以讓接受物體升溫。」

蜜娜還沒有進入狀況，可是熟悉化學儀器的我立刻就懂了。

「難怪那個史豐，在一天以最緊急狀況申請使用這部機器，還將這部機器安裝在這裡。當時大家都很納悶，為什麼他只開動和關閉機器，既沒有運轉的數據，也沒有真正使用的紀錄。因為從這裡，可以完全清楚地觀察到梅姬的試驗過程。他打開 LR1004的開關，對準那瓶溶劑射出紅外線，並控制好加溫的速度，免得聰明的梅姬發現破綻。最後他的奸計得逞了，並且還有完美的不在場證明。」

維克說完之後，我和蜜娜好一陣子都不知道該說些什麼才好。

蜜娜吐了一口氣，問道：「史豐人在哪兒？」

維克回答：「這個時候，應該是在他的辦公室。」

我建議道：「我們該去找他談談。如果，你們不反對的話。」

他們當然不反對，於是一行人踩著自信和輕鬆的步子，往史豐的辦公室走去。陽光好像有意為大家帶路似地，愉快地伸展在前方。

「我怎麼知道，你們憑什麼要我回答。」

尖銳的女聲從辦公室裡噴出來，我們三人往門裡頭看去，只見一個穿白色實驗衣的東方女性，正怒氣沖沖地指著兩名警察大罵。

那兩名警察不知是理虧，還是沒經過大場面，只默默地坐在一旁。非常巧合，其中一名警察是我的好友阿方。

維克不屑地癟癟嘴，說：「她是史豐的上司，聽說兩人有不尋常的關係。」

我裹足不前，站在原地。蜜娜和維克走進去，應該是把方才我們求證的經過，原原本本地說出來吧！只見那名被維克說是史豐的上司的東方女性，猶如心臟發作似地，靠在辦公桌後的椅子。

阿方看到我，就走出來和我打招呼，我低聲問道：「史豐博士呢？」

「落跑了，我們懷疑杜博士透露風聲。」

杜博士？來不及深思。此時，不敢從前門進入的陽光，卻從後窗跳進來。我想：地球大概沒有陽光照不到的地方吧？暫時的黑暗，並不意味著永遠被光明遺忘。

但是……但是，我總覺得哪裡怪怪的，但不知道怪在哪裡。

「史豐不是要殺梅姬，而是……」我大膽推論，「而是要毀滅證據。毀滅證據就必須破壞樣本。破壞樣本之後，讓實驗結果做不出來。」

「難道是……？」我小心求證，「是的，應該就是那樣。史豐的目的是破壞樣品，沒想到他使用熱線破壞時，造成有毒的氣體，間接殺死了梅姬。他為什麼要這樣做呢？」

當我在心中自說自話的時候，杜博士轉過頭來，於是我們四目交接。

遠遠看著杜素卿博士，我驟然想起鋪滿酢醬草的校園，飾滿龍舌蘭的圖書館。那個飄洋過海、回到家鄉來念書的杜素卿，她深思垂讀的臉不斷地在我半掩的心窗搖晃。啊！那個吹著西風的季節，讓人有著微寒的憂鬱。回憶中的那年，走在校園，看來看去，都是酢醬草和龍舌蘭。紛紛擾擾，擾擾紛紛……

第十四章　DNA之罪

黑暗的沙河中，只有月亮在游泳；
風的歌聲強烈起來，寂寞的人瘋狂地跳舞。
我展開雙翅，飛向屋頂，飛向天空；
徘徊在生死之間，時光的鐘擺。

舊金山市立精神病院心理分析科的李丹醫師說：有自殺傾向的人，他的靈魂必定是孤單。

一週之前的上班時間，杜素卿接到保羅•席格的來電。她整個身體的寒毛忽然豎起來，因為聽到對方的聲音，感覺彷彿是一尾露出毒牙的響尾蛇，正緩緩地爬行過來。

「杜博士，妳不要急著掛我電話，我有事找妳。關於令尊的基因和妳的私人資料，我會如以往一般三緘其口，不必擔心。這次的任務非常簡單，英文說『一片蛋糕』，中文說『小菜一碟』。而且，我會給妳滿意的酬勞。還有，如果妳想要回來十字星企業，我雙手歡迎，並且給你最高職位和打破產業行規的福利。」

「謝謝。」

杜素卿盡量少說話，只想盡快結束和保羅・席格的談話。這不是杜素卿第一次聽到保・羅席格虛偽而冷酷的電話。

五年前，她在一所小小的實驗室工作時，在偶然的機會下，發現了一件驚人的祕密。

那家小小的實驗室因為具有執行ISO 10993系列等動物實驗的GLP（優良實驗室規範）和ISO 17025認證，主要的業務就是接受各大藥廠的委託，測試研發出來的新藥或醫療器材，然後發出認可證明。由於動物試驗收費昂貴，為了替客戶著想，實驗前的文件審查就非常重要。

首先，必須確保產品合乎法規的要求，依據委託單位所提供的文件進行評估，通過之後，再由試驗單位提出合適的實驗計畫，包括方法、接收準則，必要時，為確定抽樣量所採用的統計技術和合理的樣本大小，再把審核報告和估價單寄給委託單位。杜素卿就是擔任這項文件審核和估價的工作。

一般而言，試驗單位看在商業利益上，文件審核都是徒具形式。只是為了成本考量，因此只專注在實驗計畫。

當時杜素卿一看到審核的新藥開發案是編號RH9005-108，委託單位是十字星企業，不由得皺起眉頭。翻閱一下檔案內容，文件包括產品的預期用途、規定的功能、性能、可用性和安全要求，適用的法規要求和標準，適用的風險分析和管理，類似設計提供的資訊，還有其他基本要求。

十字星企業在業界風評一向不好，編號一〇八是更改了一百零八次的意思。杜素卿因此多花了些時間去研讀十字星企業所提供的技術資料。

產品的預期用途、規定的功能、性能、可用性和安全要求，寫得可圈可點、滴水不漏。但是，在適用的標準要求就落在法規邊沿，產品的風險分析和管理報告更顯得有些薄弱和不足。至於類似設計或原始設計提供的資訊，就有很大的問題。

新藥研發費日曠時——十至十五年是跑不掉，花費甚鉅——至少七十五億元新台幣。所以很多半途而廢或被ＦＤＡ拒絕的藥品都會被拿來改良，最有名的威爾鋼就是一例。不過，那些被拿來回鍋研發的藥品大部分是安全的，只是療效不彰。十字星企業委託測試編號RH9005-108的產品剛好是反過來。

杜素卿一反常例，跟十字星企業要了類似設計或原始設計的ＤＨＦ（設計歷史檔案），包括計算、設計輸入、要求和規範、設計試驗報告、風險分析、設計評審、設計驗證和確認報告（包括臨床調查結果），產品標籤和設計更改和相關紀錄等。十字星企業負責提供文件的人員，不知是資淺或是嫌麻煩，一封E-Mail就把所有資料全部寄給杜素卿。

經驗豐富的杜素卿什麼都不看，只挑新藥臨床報告書。不看則已，一看心驚肉跳。原來RH9005早在十幾年前，十字星企業就研發出來了。那是一種會引起輕微幻覺和嚴重破壞身體凝血系統的藥品。在第一期人體臨床試驗就宣告失敗，因為毒性太大了。十名年輕受試者皆有嚴重副作用，其中一名女性險些失去性命。

她正想舉發時，十字星企業的總裁寄給她一封機密郵件，附屬檔案是兩份基因圖譜。於是，杜素卿和保羅・席格達成某種協定。他不但付給她一筆巨款作為酬勞，同時幫她安排更優勢的出路，讓她職場生涯一路順暢，爬到今日的地位。

杜素卿本來以為保羅•席格已經放過她，沒想到還是避免不了，就像揮之不去的夢魘。

關於那兩份基因圖譜，讓杜素卿回想起八年前的一個午後……

「緊急案件，樣品已經放在妳的冰箱。不明白之處，請和我聯絡。」杜素卿冷冷地看一眼實驗室主任寄給她的一則私訊。故意走到窗邊，看了幾分鐘窗外的浮雲，才心不甘、情不願地打開身邊的冰箱，只見排列整齊的化學品和試藥瓶間，橫放著一個紙盒，裡面有兩隻小玻璃瓶。其中一隻裝有褐斑的布片，另一隻則是半凝固的血塊。

依據杜素卿的經驗，那布片上的褐斑必定是血跡。她看看紙盒上的標籤。天哪！除了數字和還有幾個簡單的英文字母外，全部都是潦草的手寫中文。幸好附有英文的說明。

「吉姆嗎？我是素。」杜素卿懶得細看，隨手按了實驗室主任的分機，他的名字叫吉姆。

「妳一定看到我留的字條和樣品。」

「是呀！到底是怎麼一回事？」

「那是台灣分公司的委託……」杜素卿聽到吉姆在翻紙張的聲音，他說：「依據信函的來意，在一個名叫「新竹」的地方，發生了件婦女被殺的慘劇，逮捕了一名嫌犯。又在現場發現了幾片沾有血跡的可疑碎布。碰巧他們向我們買的ＤＮＡ（去氧核醣核酸）分析儀在維修，所以就以最速件送來，要求我們協助。妳是這方面的專家，一切就拜託妳了。」

杜素卿瞭解目前ＤＮＡ分析法是世界各國刑事實驗室的最愛，但分析的方法各有千秋，所以十字星企業研發出來的方法雖然還無法取得官方認可，但作為參考值或對照值，倒是很搶手。只是價格偏高，私人的親子鑑定業務不多，大部分是政府或學術單位的大型計畫或特殊的鑑識案件。尤其事關自己的出生地台灣，杜素卿不敢輕忽怠慢，立刻著手準備所有需要的實驗儀器和試藥。

當杜素卿再次接觸那張中文標籤時，不由得想起那塊名叫「台灣」的島嶼，以及那個名叫謝素卿的小女孩。

「謝素卿。」指名道姓叫她的人的是羅麗河，班上的優等生，也是交通安全隊隊長。

「謝素卿，妳為什麼不回家。」她兇巴巴地說，「老師說，下課要直接回家，不可以亂跑。」

「可是，我現在就要回家。」

「亂講，妳家要往那邊走。」羅麗河指了指另外一個方向。

杜素卿不知道如何解釋，期期艾艾地說：「我媽媽要我下課後去幫忙掃地……」

「去哪裡幫忙掃地？」

杜素卿指一指不遠處的聳立於新竹科學園區中、設計得很像幽浮的水塔。從這裡看不見綠意盎然的花園洋房，那些紅色的屋頂斜斜地蓋在白色的牆壁上面，就像蛋糕上面的糖果屋。淡藍色的窗簾在微風中飄揚。

「妳騙我。」羅麗河雖然在罵杜素卿，可是聲音柔和許多，又說：「聽說那裡是給外國人，還有很厲害的人住的地方！」

「我媽媽就在那裡替外國人煮飯，要我去幫忙掃地。」

「真的？妳媽媽在替外國人煮飯。」
「我發誓，騙妳不得好死。」
「那妳媽媽一定賺很多錢。」
「我不知道。不過Uncle Jack對我很好，常常拿巧克力給我吃，還有蘋果。」
「真的嗎？妳說安……什麼克？」
「Uncle是阿叔或阿伯的意思，Jack是那個美國人的名字。對了，他家裡還有很多故事書，還有很多很多好吃的東西。我可以問我媽媽，如果妳願意幫忙掃地的話，說不定也可以去裡面玩。」
「妳說話要算話。」羅麗河恭敬地陪杜素卿走一段路，有些不放心地聲聲叮嚀。
杜素卿說話當然算話，可是羅麗河不是去掃地，而是去參加她的生日派對。杜素卿永遠忘不了羅麗河眼中羨慕中帶點嫉妒的神采。那個時候，杜素卿的媽媽已經從女傭人變成女主人，彷彿被仙女棒點了一下下，半空中紛紛地落下數不清的彩帶、亮片和花朵。
杜素卿在八歲那年的冬天，就來到美國，第一眼看到的是一片的白雪茫茫。然後，就在這片土地落地生根了。
荒涼的實驗室，像一座銀白色的墓陵，除了偶而傳來幾陣凌厲的儀器運轉聲外，倒是非常安靜。杜素卿緊閉著雙眼，也許就這麼幽幽地死去，也是一種滿不錯的享受。不知道從何時開始下的雨，變本加厲起來。風勢也逐漸轉強，窗外的樹影彷彿狂舞的女孩，幾乎要把頭髮甩光。遠方稀稀落落的山影，浸在水霧中，掙扎地往這方窺視。看不見一個人，整條長廊變成一匹墨綠色的布條，兩端各有隱形的手在拉扯。

「嗨！一分錢買妳的白日夢。」有人拍杜素卿的肩。

「是你，丹尼。」杜素卿裝出驚魂甫定的樣子，說：「你嚇死我了。」

「膽小鬼。」他露出潔白的牙齒，拍拍我的臉，說：「已經是午餐時間，妳還在奮鬥呀？不要把自己累壞，要不要一起去餐廳，我聽說今天的特餐很棒。」

「恐怕沒有這份口福，因為我要趕『上機』的時間。」杜素卿指著放在角落的DNA分析儀，然後一邊把錢交給他，一邊拜託他說：「如果你方便的話，幫我買一塊三明治，芥末醬要多一點，還有記得要一份生菜沙拉喔！」

丹尼‧伍德是個標準的金髮美男子，健康的體魄加上天真無邪的笑容，總是讓人不由得想起夏天的海邊。對於才二十多歲的杜素卿而言，真的是一個理想的對象。很遺憾他是個同性戀。不過，如果他膽敢求婚，杜素卿還是會認真地考慮。從不是處女的那一天到現在，杜素卿陸陸續續和不同的男人上過床。真的！杜素卿渴望和丹尼做愛，不僅想要觸摸撫弄水仙少年的夢和哀愁，也想瞭解同性戀男子的肚臍是不是比較美麗？還沒想完，丹尼就出現了，他揚了揚兩份食物袋，白色實驗衣讓他看起來更英挺。啊！讓杜素卿的幻想更加奔放。

「丹尼，你真甜蜜。幫我跑腿買午餐，又陪我吃飯。」

「我的榮幸。看你這麼忙，是不是吉姆又壓迫妳了。」

「他有他的苦衷，我能諒解。」杜素卿把萃取液倒入蒸發器中濃縮。這需要至少二小時，她可以悠閒地吃午餐了。

「能夠為妳的國家做點事，是我的榮幸。」

「我的國家？」乍聽之下，杜素卿有些錯愕，想想一下自己的黑頭髮和黃皮膚，心情就釋然。在這塊廣闊的土地生活了約二十多年，不論是在法律的定位、文化的認知，或是社會倫理的關係，她是一個百分之一百的美國人，可是在別人眼中，仍然有著無法彌補的差異。

「素，妳是在美國出生的嗎？」

「不！我在台灣出生，八歲來美國。我媽媽和我爸爸離婚，再嫁給一個美國人，然後嫁雞隨雞，嫁狗隨狗。」

原本的意思是嫁雞就像雞，嫁狗就像狗，所以嫁美國人就要像美國人。

「素，妳怎麼選擇念生物化學？應該是專攻遺傳吧，如果我沒記錯的話。」

杜素卿吃完三明治，用紙巾擦擦嘴，說：「記得我很小很小的時候，有個男人帶著我去附近的學校散步。雨後的天空有陰沉沉的雲塊，操場一片泥濘。我們在走廊上走著，旁邊是教室，沒有學生在上課的教室。就在很遠很遠的盡頭，放著一個黃色的、圓形的、亮亮的不知道是什麼東西的東西。」

丹尼認真地看著杜素卿的眼睛，認真地聽著，單純的表情就像一隻可愛的小狗。

「我一直走著，就快要接近的時候，牽著我的手的男人，忽然說：『我們回家吧！』然後抱起我，轉身就走。我伏在他的肩頭，望著那個黃色的、圓形的、亮亮的東西，逐漸變小，變模糊，終至消失不見。」

「Oh, no.」丹尼似乎融入故事情節，情不自禁地感嘆：「我想每個人的一生中，總會錯失些什麼。這沒什麼了不起，我也有這種狀況，有些遺憾，但挺浪漫的。」

「直到現在，我還念念不忘那個黃色的、圓形的、亮亮的東西。如果沒有那個男人抱起我回家，就沒有這個遺憾，我總是在想那個到底是什麼？一個球或是……。你知道嗎？丹尼，在我逐漸成長的夢中，包括前幾天，都會重複那個情景。有的夢是我快要碰觸到的時候或已經碰觸到，如斷電般結束。最可怕的莫過於拿在手中，卻不知道那是什麼，然後著急地猛然醒來。」

「我終於弄懂妳要表達的意思。妳把小時候的缺憾，以執著於追尋和分析生命科學來代替。很有意思，難怪有人批評妳的論文或觀點時，妳既不反駁也不低頭。我想，妳再也不被那強橫有力的手臂所控制。妳要一步一步往前走，去看那黃色的、圓圓的、亮亮的東西，到底是什麼東西。」

「不錯。」

「妳口中的那個男人，大概是妳的親生爸爸吧！」

「是的！然而，我對他的印象是不笑的面孔和黯淡瘦癟的雙頰。我記得他有雙乾枯的手，像葡萄乾般的眼睛，在陽光下顯得剔亮的耳朵，還有髒髒發臭的衣服。我記得——他總喜歡把我丟到半空中，然後再接住。要不然就是讓站在他的手掌心中，為了保持平衡，不停地移動腳步，然後在我快掉落到地上，再一把抱住我。說也奇怪，自小受過這麼嚴厲的訓練，長大反而有嚴重的懼高症。」

杜素卿把桌面整理乾淨，問丹尼要不要咖啡。她用實驗室的電爐煮咖啡，然後繼續剛才的話題：「我對他還有一個很深的印象，就是身上有股油味，類似現在的加油站所飄揚的味道。有一次，他買了一個會唱歌的洋娃娃給我，還有兩三隻不知裝了些什麼的禮盒給媽媽。媽媽問他哪兒來那麼多錢，他說他代替礦油行的老闆去偷運軍油，然後再用活性炭去脫色，因為軍油都有染色。老闆賺很多錢，就給他分紅。媽媽很快樂，要爸爸時常把握這種機會。爸爸的臉色有些陰鬱，吞吞吐吐地說：『假如事情暴露，會被抓去槍斃。』媽媽嚇得把那些禮盒丟到地上，我不理會他們，緊緊地抱著洋娃娃望著窗外的天空。」

「可憐的素。」

咖啡滾了，杜素卿先倒一杯給丹尼，再倒一杯給自己，在瀰漫咖啡香的氛圍中，說著遙遠的往事。

「我覺得他是個可憐的男人。記得在夏天的晚上，我們住在連倒杯水都會蒸發掉的鐵皮屋裡，爸爸喝著酒，偶而會將小碟上的花生米抓幾粒給我。我望著滿天的星斗，偷偷地把它們丟在水溝裡。然後盼望著第二天的下午，在那個漂亮的洋房，吃巧克力、蘋果，讀著童話書，在吹著冷氣的窗畔，看吹動的樹葉和玫瑰花。」

「我想，妳來美國之後，一定很快樂。對了，妳的美國爸爸一定很愛妳們。」

「Uncle Jack 非常愛我和媽媽，也非常愛台灣，可是他愛的只是他所瞭解的部分的我們，他所瞭解的部分的台灣。」

萃取液的濃縮已經到達可繼續實驗的程度，杜素卿就把開關關掉，同時著手配製標準液，由於丹尼的協助，很快就完成。

丹尼似乎很喜歡剛才的話題，又問：「妳的意思是說，妳的Uncle Jack對於不瞭解的部分，就不喜歡，每個人不都是這樣嗎？」

「Uncle Jack總要求媽媽在家裡放很多象徵喜氣的假古董和吉祥的中國刺繡，門口掛著燈籠，牆壁上是八仙彩和山水字畫。天真的Uncle Jake會信以為真那就是東方古典之美，進而會在宴會中把媽媽和我打扮成清宮的皇后和格格。在這種情況之下，那些碧眼金髮的女人們都會用做作的假音說：『喔！太美了，太美了，我這輩子從來沒看過這麼美的東西。』我看見母親浮現出驕傲的笑容，幽幽的，暗暗的，彷彿是供在水碗中的紫色睡蓮。然而，小小年紀的我卻覺得自己像是地攤貨，廉價而俗豔。」

杜素卿將稀釋好的標準液注入層析管中，並調好流速等各種實驗條件，電腦出現一條既漂亮又穩定的曲線。一切就緒之後，她開始注入對照液。對照液就是處理過的血塊稀釋液，也就是嫌犯的血液。最後，杜素卿注入由布片萃取出來的試驗液。完成之後，啟動馬達，DNA分析儀所有的燈都亮起來。

一九三一年，C. Sterm以果蠅為實驗材料，B. Mc Clintock以玉米為實驗材料，分別畫出了染色體圖譜之後，遺傳學家就不斷地在這方面做深入的研究。在哺乳類方面，老鼠的二十對染色體，基因在上面排列已經被畫出來。至於人類，由於醫學道德以及生化成分的複雜度，染色體圖譜的製作也非常困難，但新的統計方法和精密儀器，以及電腦的運用，所以有很大的進展。依據圖譜和數據，育種學家可找出哪一個是優秀的基因，病理學家可找出哪一個基因是罪魁禍首，而我們負責的實驗則簡單多了，只是鑑定而已。其實，在電腦開始出現曲線和數據時，對照液和實驗液就呈現強烈的差異。也就是說嫌犯不是兇手，如果布片上所沾的血真的是兇手的。

丹尼是內行人，當然也看得出來，但為了實驗報告的完整性，杜素卿必須再做下去。他們輕鬆地聊天，但也不放棄幾個重要的關鍵點。

就在第十七個Peak產生時，杜素卿好像掉入一個非常非常可怕的噩夢中醒過來，感覺到有支巨大的男物不斷嘗試往私處推進。她死命地抵抗，於是「它」反向後面。迅速穿入肛門，先是規律地抽插，然後狠狠地在腹腔中攪拌。

杜素卿自覺是隻脆弱的微生物，無依無靠的單細胞。但是，面對現實，還有站在面前的丹尼，她必須無比地冷靜。夢的指尖從那不停閃爍電光的ＤＮＡ分析儀，移向觸動杜素卿的神經系統，她四肢顫抖、視點開始模糊。

「素、素……」

「什麼？」杜素卿回魂，給丹尼一個虛偽的微笑。

「怎麼啦？有什麼奇怪的結果嗎？為什麼妳的臉色蒼白，彷彿……」丹尼很擔心地看著眼前這位忽然變得很古怪恐怖的女同事。

「沒什麼，只是想到……」杜素卿企圖把丹尼的注意力從電腦的螢幕拉開，並努力找出合理的理由，說：「只是想到我剛才的程序，遺漏了一個步驟。」

「那再做一次，不就得了。」

「那我……」

「趕快去呀！」

「是……那我失陪了。」

單純的丹尼竟然相信，迅速站起來，杜素卿假裝跟在他後面。看著他進入他的實驗室後，立刻又轉回來，然後盯著電腦，再也無法離開。

怎麼會這樣呢？

每個科學家在做實驗時，尤其是對於自己的心理和生理特別感興趣。就像是照了一張團體照，必然是先看自己，然後再順著關心的程度去找別的人。所以，當杜素卿開始負責ＤＮＡ分析時，她就曾經以自己的血液、體液和髮根來做實驗，而且不止一次。對於那些ＤＮＡ的種種生化特徵，就像對鏡看五官般清楚。

可是，眼前在電腦所呈現的，也就是實驗液的曲線和數據和杜素卿個人的ＤＮＡ特徵，至少有百分之九十以上相符合。如果相對之間沒有血親關係，絕不可能有這種現象產生。

風雨停了，窗外已經是蔚藍的天空，景色恢復一片鳥語花香，可是杜素卿的心中卻有著雨後的陰沉和泥濘。彷彿依稀她又縮成小女孩，在遠遠的地方，有個黃色的、圓形的、亮亮的東西……。有很多的聲音，在耳邊響起：「回頭吧！回家吧！」她不予理會，同時堅定地撥開那一雙雙想抱起自己的手臂。

杜素卿再重複一遍實驗，並把以前做過的，關於自己的分析資料，拿出來對照，符合度高達百分之九十六點七二八。這不是夢，如果是夢的話，她不允許自己現在醒過來。她再喝了一杯咖啡，思考要不要再做加驗性染色體（Ｘ或Ｙ染色體）上的ＤＮＡ分析，或是細胞質中的粒腺體ＤＮＡ，來加以排除或確認親子關係。最後決定不做，杜素卿把對照液和樣本液的實驗結果做成兩份報告。

在夜深的實驗室，杜素卿一個人對著慘白的桌燈，拿起話筒，按下一組數字，然後等待彼端的回應。

「羅麗河嗎？」

「是的，妳哪位？」

「我是素……哦！不……杜素卿。」杜素卿一開始以英文名字自稱，感覺不對後，換成中文名字。但是，還是口誤，因為她父母離婚後，杜素卿改從母姓。

「素卿哪！真令我驚奇，什麼事？」

「我下星期回台灣，然後有件事要拜託妳。」

「妳儘管說，沒關係。」

「聽說我們新竹發生一宗婦女命案，能不能幫我收集有關的資料。被害人的身分、行凶的時間和地點，以及案情的最新發展。」

「妳什麼時候對犯罪感興趣了。」

「工作需求啦！電話裡說不清楚，反正到時候再跟妳說清楚，那是我最近的研究方向。」

好奇心和求知欲一樣濃厚的羅麗河一口答應。

杜素卿看了看電腦中的兩份報告，掙扎了一下，刪除了其中的一份。然後，把另外一份寄給吉姆，並寫了一些說明和分析。以她對自己上司的瞭解，吉姆是不會去注意的，尤其還附加很多密密麻麻的中文註解。

另外，杜素卿把所有關於自己的ＤＮＡ分析資料全部毀掉，不管是書面，或是存在電腦中的檔案。然而，她畢竟不是電腦專家，有些資料是無法刪除乾淨的，當時的她並不瞭解自己已經淪為十字星企業總裁保羅・席格手中的棋子。

一星期之後的一個夜晚，杜素卿回到童年的家鄉。就在全然陌生的城市中，一棟充滿歐洲風情的飯店，她在十二層樓，最靠邊邊的房間裡沉思。房間內四周是灰藍色的壁紙，就是黎明時天空的那種既華麗又素雅的顏色。更由於從窗簾濾過的光線照在上面，凸閃出無數個小光點，彷彿滿天幽謐的螢火蟲。床頭上有隻嘻皮笑臉的小白熊，金紅絲帶勒緊了它的脖子，四肢無力地癱瘓，窒息的笑容依舊——不論命運如何變化。壁上掛了幅風景畫，小田切訓的《天鵝湖畔的城堡》，是這個世界中的另一個世界。

杜素卿望著窗外全然陌生的城市，想到二十八年足夠讓一莖小葉長成一棵大樹，可是依然改變不了那流動的葉綠素。由葉綠素聯想到自己的血紅素，還有更深邃的基因。

然而，在夜色籠罩下的新竹，全然是另一種風華。以北城門為中心，纏繞的綠園大道彷彿流動的光河，點點閃亮的車燈和浮懸在半空中的萬家燈火，讓杜素卿不由得自憐。想起午後時，從高鐵站來到飯店的這段路，看見抗議的隊伍所呈現的那種張力，又令她想起印象中憨厚沉默的台灣人。離開窗邊，衣冠楚楚的立委在電視中怒罵打架，又讓她想起爸爸曾經說過——讀書人不能講粗話。

可是，爸爸變成了殺人犯。

依據羅麗河的資料——死者廖慧枝是個妓女，時常在後街一帶流竄。一個月前，被人發現陳屍在寓所之中，初步判定是由嫖客所為。經過警方偵查追蹤和過濾，有一名計程車司機涉嫌重大。但是，經過科學儀器分析，認為該名計程車司機是清白的。關於這一點，杜素卿比誰都清楚。目前，警方改變偵查方向，並對傳播媒體表示，將在近日中破案。

撥了幾次手機，阿姑終於有反應。

「妳是阿姑嗎？」

為了這件事情，杜素卿絞盡腦汁，才跟遠在德州的媽媽騙到幾個電話號碼。阿姑是爸爸唯一的大姐，應該知道他的下落吧！

「阿姑，我想見我的爸爸，妳知道他人在哪裡嗎？」

「離開那麼多年……」

「妳和他有沒有聯絡？」

「有是有。不過，這幾年很落魄。」

「落魄也是我的爸爸，好不容易有個機會回來，至少要見他一面。」

「好吧！我把他的地址和電話給妳。」

杜素卿把她說的，詳細地記在記事本上，然後想到什麼似地，對阿姑說：「原來阿爸還住在新竹。我現在就去找他，妳不要先告訴他。」

「這麼晚了，而且……」阿姑似乎有什麼苦衷，說，「妳至少讓他有個心理準備。」

「阿姑，我求求妳，不要事前告訴他，否則萬一他避不見面，那我的苦心不就付諸流水。我是他的女兒，又不會害他。」

「對，妳是他的女兒，絕對不會害他。」

她跟櫃台要求叫輛計程車。

計程車在很短的時間就到達，然後在很短的時間就將杜素卿帶到目的地。

杜素卿一下計程車，抬眼望見紫黑色的雲層正緩緩地沉澱，像是一張快要哭出來的臉。如果時間是雨水，把往事慢慢模糊，那麼現在的自己，不費吹灰之力正逆轉過來，不但形象歸位，色彩益發鮮活亮麗。

城隍廟夜市的攤位都就緒了，絕佳的透視法構圖。炒蚵仔煎的胖女人，面孔被燒旺的火光照得好像淋上一桶血般地紅。再過去是舀麻油雞湯的男人，臂上的刺青彷彿有了生命，因為已經有了輪迴。再過去是陰陽臉的中年人，濃密的胸毛像黑色的煙火，從下腹往上噴去。他賣的是沙魚皮和中藥排骨，沒有人捧場，所以他就向人們猛吆喝，聲音之大，好像有人用鐵鍊給杜素卿後腦勺子敲一下。

杜素卿茫然的眼神和迷惑的神情讓幾個路過的行人，拋下驚疑的眼光，然後匆匆離去。她望著拐彎處的小巷口，因車燈的照明而出現短暫的光亮，不禁用力吸一口氣，彷彿每一次短暫的光亮就是一次的爆炸。

時間在巨大的沙漏間流下去，杜素卿的思想不知不覺地沉入睡眠，就像第一粒流下的沙，然後被無數的沙蓋上去。彷彿只是闔了一下子的眼睛，記憶中的謝素卿地蠕動起來。原來她就是那隻被金紅絲帶勒緊了脖子的小白熊，窒息的笑容依舊，不論命運之輪如何運轉變化。

杜素卿默默地牽起謝素卿的手，往更深的黑走去。

她按門鈴，沒有人回應。按第二次，依然沒有人回應。有些心急，正要按第三次時，門驟然打開。走出一個男人，燈光朦朧，看不清面貌，體型矮小肥胖。

「妳是素卿嗎？」

杜素卿立刻聽出他是誰，阿姑還是先告訴他。她看見了他眼瞳中閃爍的光點。他正對著模糊的街景，深深一瞥。順著馬路望過去，不遠處有一座圓柱形的玻璃大廈，遍體發亮，宛如一盞巨大的燈籠，從無垠的幽暗垂到人間，而周遭亮亮雜雜的燈火，就是從燈籠裡跳出來的火星子，無情地燙著夜行的歸人。

「我現在住在朋友家，不方便請妳進去，我們到附近的咖啡廳坐。」

杜素卿在他的後面，發現他的頭禿了，腳有點跛，一甩一甩的手顯得很僵硬。那雙葡萄乾般的眼睛，曾經在陽光下顯得剔亮的耳朵只是回憶中浪漫的裝飾而已。

一家黑黑暗暗的咖啡廳，桌上放著檯燈，他將燈光轉亮一些。

陌生的面孔有冷硬的質感，彷彿是在實驗室裡的玻璃皿之中，所觀察的逐漸結晶出來的化合物。螺旋狀的DNA將她和他之間緊緊鎖住，迫使杜素卿放肆地去巡視父親的五官。

我們真的很像！杜素卿感覺有些失落。看到他那蒼涼的皺紋和過度謙卑的笑容，讓她不得不趕快再喝一口幾乎難以下咽的咖啡，避免失態地傷感。

「妳突然從美國回來看我，我覺得很吃驚。」他用窺視的眼神看著杜素卿，又說：「女大十八變，不過還可以看出小時候的樣子。妳媽媽還好嗎？」

「還好。」

「那個美國人呢？對妳們好嗎？」

「還好。」杜素卿很自然地把很好的「很」改成還好的「還」。

「妳呢？」

關於自己，杜素卿不能用兩個字打發掉，於是極其詳細地說：「我大學畢業之後，又念博士。目前在生化儀器公司工作。我還沒有結婚，一個人住在鄉下。我有自己的公寓，養了三隻貓。每個週末就和朋友到山上去度假，或是去舊金山體會大都市的生活。有時候還去修一些企業管理的課程，說不定到四十歲，要自己創業，或轉行去做公務員。」

杜素卿不瞭解眼前的男人是否明瞭她的世界，她只能一路說下去。所幸他很感興趣地聽著，彷彿在聽一齣有趣的廣播劇。

「你呢？」告了一個段落，杜素卿像按了搖控器的「選台」，驟然地發問。

他有些不知所措地望著她，背後的影子巨大無比。

「還好。」

「你和媽媽離婚之後有沒有再婚？」

「有再結婚，不過那個女人在五年前死了，病死的，子宮癌，花了我所有的錢。小孩都住在她阿娘的家，不過都長大了，不需要我特別去照顧。」

「我記得你以前好像在礦油行工作？」

「礦油行老闆倒人家的錢，跑到巴西去。」他有些感慨地說：「在台灣就是這樣，不是你倒人家，就是人家倒你。我和人家投資養蚵，後來又發生財務不清。有時候，想起來也真不甘心，從年輕到現在，一心一意想賺錢。結果賺來的錢又沙、沙、沙地從指間流走，也流走很多寶貴的東西。」

當他開始說話，杜素卿反而不知道要說些什麼。轉眼去看掛在牆上的電視：政客們神情愉快地在和大家招手，有個企業家為他們家工廠製造出來的黑心產品道歉，還有等等等。

剎那之間，杜素卿感覺到她已經碰觸到那個黃色的、圓形的、亮亮的東西，但她真的不知那是什麼東西。還有，千里迢迢地跑回來，到底想要解答什麼問題，或是想要得到什麼問題的答案。是不是該問：一個月前，你是不是殺死一名妓女？

他會怎樣的反應？極力否認，或是乾脆承認。杜素卿希望是前者。

「時候不早了，妳該回去休息。我很高興妳來看我，雖然從見面到現在，妳不曾叫我一聲爸爸，可是我還是很高興，畢竟二十多年沒見面。二十年不是很短的時間，很多事物都會改變的。」他望了望她，又說：「當然也有很多事物不會改變。」

杜素卿沉默地點點頭，望著男人面前的檯燈，終於瞭解了那個黃色的、圓形的、亮亮的東西是什麼東西了。她想起那一份報告，她很高興她的結論是那樣。

愛與罪，杜素卿選擇了愛。

杜素卿一面回憶，一面考慮如何面對宛如露出毒牙的響尾蛇般的保羅•席格。

「當年妳幫十字星企業假造動物試驗的數據……」

「請你說話客氣一點，我沒有假造數據好嗎？我只是被迫簽核假文件，這是有很大的差別。」

「隨妳怎麼說，我遵守約定，沒有舉發妳當年偽造文書，私心讓令尊順利脫罪。」

「謝謝你。」

「妳應該還記得，我不但付給妳一筆巨款作為酬勞，還為妳安排更優勢的出路，讓妳職場生涯一路順暢，爬到今日的地位。不過，我不敢居功。倒是我們十字星企業，因為第一階段的人體臨床試驗，沒有通過，自然無法取得ＦＤＡ的上市許可。我想妳一定暗中稱快……。所以，我們十字星企業不但空歡喜，還損失慘重，而妳卻平白撿了一個大便宜。」

「席格先生，這些年來，你這句話已經說過很多遍了！」杜素卿不耐煩地打斷對方的話，說：「請直話直說。」

保羅．席格非但不生氣，還笑著稱讚杜素卿的果斷和氣魄。直到杜素卿表示要掛斷電話，他才轉入正題。

「今天我有事找妳，不，有事求妳。可以嗎？」

「請說。」

「好。」保羅．席格聲音轉為柔和：「我老實跟妳說，貴單位的史豐博士私下幫十字星企業的醫療部做事，他需要一台機器才能如期完成任務。請妳務必幫忙，也就是說當他提出儀器使用申請單，妳必須毫不考慮地立刻簽名核准。」

「就這樣？」

「就這樣。」

「我剛才說過，這次的任務非常簡單。一片蛋糕、小菜一碟，不是嗎？」

「好。」杜素卿不疑有它，爽快答應。

第二天，杜素卿一上班，桌上放著一張申請使用編號LR1004的紅外線製造儀，申請人是約翰・史豐。她立刻簽核，並且用最速件處理之。

杜素卿萬萬沒想到梅姫・福斯博士忽然死在實驗室，約翰・史豐忽然失聯。然後警察找上門來，質詢之間，她深深後悔聽信保羅・席格口中的一片蛋糕、小菜一碟，裡面竟然存在著可怕的毒藥。

警察離去時，杜素卿看到了多年不見的黃敏家。

當羅麗河告訴她，他們在梅西百貨的巨大愛心座前巧遇，聽說他是一名私家偵探。杜素卿一直想見他一面，甚至抄下他的手機號碼。

記得有一次進入一間辦公大樓，尋找朋友的公司名稱時，赫然看見上方掛著費雪偵探社的招牌。離去時，她在廣場前，無意中往上看，看見了一個靠著欄杆往下望、類似黃敏家的男人。她知道他看見她，但似乎認不出來。她正想揮手，殊不知手機忽然響起，一則緊急通告。於是，就這麼錯失了。

後來忙著、忙著，也就忘了，沒想到會在這種情況見面。

第十五章　天倫慘劇

陽光是金亮的錦緞，綠影勾出夢的天羅地網；
淚滴還魂草，驀然來到前世的某一天。
尋尋覓覓，獨不見當年樓台；
千年之約，終究是白骨紅顏。

舊金山市立精神病院心理分析科的李丹醫師說：如果罪與死都是人一生中的宿命，死是結束也是開始，罪則是之間的潮起潮落。

關於破壞迪克・莫登和馬克・華齊命案的證物樣本，而間接殺死舊金山犯罪實驗室的病理專員梅姬・福斯博士的約翰・史豐，他的行蹤始終如謎。

三天之後，我代替費雪先生應邀參加舊金山犯罪實驗室的「辦案缺失研討會」。這本來是內部的期月會，只限定邀請相關人員參加。但是，這次捅的婁子實在太大了，不得不慎重其事。除了向上級主管報告之外，還有對等平行單位，甚至包括研討如何向民眾和媒體說明的對策。

所以，我的責任是當費雪先生的耳目，以便讓他能夠掌握狀況，隨時接受諮詢，當一位稱職的顧問。
當我一到達，發現蜜娜竟然也獲邀參加。
研討會由舊金山犯罪實驗室的首席行政長主持，列席有被預設為過失人的杜素卿和預設為舉發人的維克等人。公關部門也受邀參加，為面對媒體記者早做準備。刑警代表是阿方一人，至於其他的人有預設為監察官、律師或相關的執法人員。我不知道他們是否和我一樣都簽了保密協定，我是簽了，滿嚴厲的規定，違法的下場也頗嚴重。只見不論排場、氣勢和會議流程和法庭上的訴訟審判程序不相上下。
我挑選坐在蜜娜身邊，私下問她：「妳還好嗎？」
「很好，剛才撿到一塊錢。」面容憔悴的她強顏歡笑。變裝皇后、頹廢男子、堅強的傷心女子，蜜娜和金門大橋一樣，不停地在我眼前變化，我幾乎無法適應。
「這裡的每一個人都有一個特別的身分，你知道你代表什麼嗎？」
「費雪先生。」
「不是，你是代表質疑執法單位的能力、流程、合法性和公正性的監察單位。」
「喔？」
「當你向費雪先生報告時，他就會擬出一份法庭攻防策略書給警方。」
「哇！」井底之蛙的我也只能目瞪口呆，驚呼連連。
「至於我，除了名正言順的受害人家屬之外，身分和你大同小異。」
我們的談話被首席行政長一聲「請大家安靜」所打斷，簡略的開場白之後，對眾人說：「再下來由杜素卿博士來說明經過吧！我安排維克替妳準備投影機。」

從杜素卿的電腦投射到白板上是一張又一張的照片，說明約翰・史豐博士如何使用紅外線製造儀破壞迪克・莫登和馬克・華齊命案的證物樣本，間接殺死舊金山犯罪實驗室的病理專員梅姬・福斯博士的經過。至於其他則隻字未提。

我望向阿方，阿方聳聳肩，給我一個無可奈何的表情。想當然耳，此時此刻，舊金山刑事組和犯罪實驗室是站在同一條戰線。真相未明之前，家醜千萬不可外揚。

螢幕忽然出現保羅・席格的面孔，我注意到他右眼的瞳孔有異樣。原來是螢幕上沾的一個小污點，一隻偷窺的眼睛。

「保羅・席格先生是否涉案，目前無法定論。畢竟約翰・史豐博士尚未現身，所有的資料都是片面之詞。」杜素卿講到一個段落，話題一轉，說：「有關約翰・史豐博士的失職，並造成他人死亡，我承認我有行政缺失，所以我會盡快辦理辭職。」

這是理所當然，杜素卿的宣布並沒有引起什麼迴響。不知道是不是內部會議，陣仗雖然盛大，氣氛卻有點意態闌珊。

出人意料，蜜娜舉手發問：「妳對迪克・莫登命案和馬克・華齊命案的看法如何？」

杜素卿回答：「警方已經宣布迪克・莫登命案和馬克・華齊命案雙雙破案，目前已經依循法律途徑，由檢察官起訴。不論是我個人，或是代表犯罪實驗室，都不便表示看法。」

閉目養神的首席行政長睜開雙眼，警告大家在發問之前，先說明身分和發問動機。蜜娜立刻被要求遵行。

蜜娜走向首席行政長，在他面前出示一下證件，等對方點頭同意，然後當眾宣布說：「我的身分目前不宜透露，請多包涵。剛才杜素卿博士的陳述，其實是重複我和費雪偵探社的黃敏家先生，還有犯罪實驗室的維克專員的發現。所以，我發問的動機是想更清楚其中的細節。」

好像搞不清楚狀況的首席行政長不耐煩地揮揮手，說：「請問吧！」

「謝謝！請問杜博士，妳說警方已經宣布迪克・莫登命案和馬克・華齊命案雙雙破案，到底是什麼意思？」

「迪克・莫登被比利・席格所殺害，馬克・華齊是自殺。」

「那麼你認為迪克・莫登命案和馬克・華齊命案有何關聯？」

「我不便說明。」

「那麼讓我來說明。」蜜娜拿出一堆資料，逐字說明：「梅姬・福斯博士已經過世，所以我不諱言，在此直話直說。她曾經告訴我實驗室方面已經確認馬克・華齊和迪克・莫登的血液中有類似安眠藥或迷幻藥之類的成分。鑑識課在莫登的死亡現場只發現酒瓶的蓋子。初步判定，酒瓶被加害者帶走。所幸華齊的死亡現場，發現了破碎的酒瓶。所謂檢驗樣本，就是殘留在酒瓶碎片上的威士忌。梅姬將樣本和對照組，也就是市購的威士忌做比對之後，再萃取出來相異的成分，進一步分析出化學結構式，找出真正的毒物成分。」

有位被預設為監察官的老先生表示他聽不懂。

蜜娜望著維克，維克在大家的鼓勵下，鼓起勇氣，開口說：「梅姬博士從馬克・華齊和迪克・莫登的死後生理特徵相似，大膽假設兩人死前曾經喝了或吃了類似安眠藥或迷幻藥之類的成分。事實也是如此，也就是這種藥物，讓他們兩個人因為輕微的外傷而喪生。」

「馬克・華齊自殺未遂，但因為頭部受傷而死亡，迪克・莫登被刺傷的傷口也不足以造成死亡。」當蜜娜加強說明時，也得到維克的點頭肯定。

維克繼續說：「由於血液中的不明藥物無法確認其化學結構式，所以只能從現場中所發現的威士忌做比對。如果能夠證明威士忌也含有同樣的成分，那就簡單多了。」

「簡單？為什麼簡單？」另有他人提出疑問。

「如果兩人血液中的不明藥物成分和現場中所發現的威士忌中特殊成分相同的話，高德博士就可以從現場中的威士忌和一般威士忌做比較分析，那個特殊成分就是純粹完整的化學物質，就可以確認迪克・莫登命案和馬克・華齊命案的關聯性。」

首席行政長再次不耐煩地揮揮手，說：「莫登女士，我們今天的會議是檢討，不是追根究柢，所以請妳把發問的權利禮讓給別人吧！」

蜜娜心不甘、情不願地閉上雙唇。

曾經「拷問」過杜素卿的阿方慢慢舉起手發問：「犯罪實驗室內部謠傳，妳和約翰・史豐有不正常的關係，是真的嗎？」

「妳已經事先說是謠傳了，所以不是真的。」

「那麼，妳為什麼不經過正常儀器使用申請程序，而以最速件給予他方便！」

「我一上班，就在桌上看見申請單，上面註明『最急件』，我依照自然反應的判斷，所以毫不思索就簽核。這沒什麼好奇怪的！」

「我個人覺得非常奇怪，因為和妳平日行事風格非常不一樣。」阿方看著自己的手機，唸出一大串人名和單據。例如某某先生小姐在某月某日申請使用某某機器，杜素卿都是在隔天審查，大部分都是退回申請人，要求重寫使用目的或要求口頭說明，然後再隔一天才核准。而且，所有申請程序都透過杜素卿的祕書。

「我不是電腦，總會有例外。方警官真是少見多怪。」

「說得好！我們已經掌握到約翰・史豐博士和十字星企業總裁保羅・席格有利益輸送的證據。至於妳呢？如果不是和史豐博士有私人密切關係，難道是……」

「請尊重我，不要亂說話。方警官。」

「對不起，我只是先提出問題，讓妳心理有所準備。反正檢察官已經起訴保羅・席格，他會不會把妳拖下水，可不關我的事。」

首席行政長瞪了一阿方一眼，說：「謝謝你的關心，還有其他的問題嗎？」

「我想以杜博士這種不合作的態度，再討論下去也沒有意義。」

首席行政長非常不耐煩地揮揮手，說：「方警官，我再重申一遍，我們今天的會議是針對內部的檢討，還沒進入司法程序，所以請互相尊重。」

被預設為監察官的老先生立刻反駁，兩人唇槍舌劍，一來一往。可惜我除了罵人的髒話之外，一句也聽不懂，尤其是夾雜許多法律用語。

蜜娜給我一個微笑，然後起身走人。我想跟著走，可是我有任務在身，因為代表費雪偵探社，隨時有被提問的可能，何況我必須將完整的會議內容向費雪先聲報告，因此不可中途離席。

而且我也想聽聽最後的結論。

會議繼續進行，杜素卿下台，又換了幾個人。台下的人發言非常踴躍，甚至互相爭吵。很明顯地，杜素卿成了眾矢之的。其中幾句質詢，令我吃驚不已。

「杜博士，聽說妳曾經因為和十字星企業總裁保羅•席格的交情，才會有今天的地位。」

「沒錯！我們都知道妳以前在十字星企業工作，聽說還幫他們新研發的藥品做假資料。」

「我記得那款新藥，副作用是讓使用者產生幻覺，幸好沒有被ＦＤＡ核准通過。否則，後果不堪設想。是不是這樣？杜博士。」

「副作用豈止是讓使用者產生幻覺而已，還會破壞血小板的凝血作用，縱然是一個小傷口，也會血流不止。」

「杜博士，請妳說明。」

「如果妳不說明，我們可以去十字星企業的新藥研發單位，甚至去ＦＤＡ調閱原始資料。」

好不容易挨到會議結束，我本來期待杜素卿會來看我，這期待落空了。整個會議中，她連看我一眼都沒有，我的直覺告訴我，她一定陷入一個空前的恐慌中。

我一離開會場，立刻用手機和蜜娜聯絡，希望能夠談一談。她答應了，並說了個地點。我將車子從地下停車場開上來，經過約定的路口，蜜娜站在街角公園的人行道，看起來就像個等待母親的小女孩。這個想法，讓我心疼。我把車子緩緩停在她身邊，拉下車窗，向她招手。蜜娜默默上車，車子慢慢離開公園。

「威靈頓太太跟我提起妳的事！」
「是嗎？」
「我沒想到迪克是妳的前夫。」
「過去的事了。」
我一直想問蜜娜的真實身分，可是不知如何啟齒。
蜜娜打開我為她購買的可樂，似乎讀出我心中的疑問，笑笑著說：「費雪先生成立偵探社，我是編號二號的員工，費雪先生是理所當然的一號。後來，費雪先生當了聯邦調查局的外包商，我是理所當然的專案負責人，就是線民啦！」
蜜娜伸手打開音響，車內充滿〈泰伊斯冥想曲〉的旋律。她調整好音量，繼續說：「我的任務是調查加州大型企業的不法行為，主要都是一些逃稅、賄賂、剝削勞工等常見的問題。至於收集十字星企業的犯罪紀錄則是比較特殊，因為費雪先生懷疑他們從事製毒和販毒。」
「妳的意思是十字星企業將無法被FDA許可的藥品，利用其副作用而做成毒品。」
「保羅・席格很聰明，他不直接製造和販賣，而是另外在東南亞設立公司，專門賣原料配方和製造機器給國外廠商。他在美國本土，乾淨得像一張白紙。」蜜娜搖搖頭，嘆了一口氣，接著說：「我當時用這個籌碼逼迫保羅・席格撤回他對迪克的告訴。」
「費雪先生對於保羅・席格的……」
「他的一舉一動，費雪先生瞭若指掌。」
「但是，為什麼會……？」

「為什麼會千叮嚀、萬囑咐地不願意你介入迪克命案，是不是？」

蜜娜看著我默認的表情，語帶無奈地說：「難道你沒聽過知道得愈多愈危險？你在這一行還是隻菜鳥，一不小心就會惹禍上身，甚至丟了小命。」

我聳聳肩，不發一語。

「因為毒品的緻驗，我才有機會認識梅姬。」

「我為你的失去，深感歉意。不過，我想知道妳當時如何逼迫保羅・席格撤回他對迪克的告訴。」

「當迪克入獄，他寫信告訴我，他是被誣陷。他揭發很多保羅・席格的私事。他說我是世界上唯一能夠幫助他的人，我相信他，可是我無能為力。後來，我失去了孩子。我認為這是上帝懲罰我見死不救，所以我改變心意，想要替迪克做點事情。我沒錢請律師替他翻案，只好專心一意另謀他策。」

我想起了威靈頓太太說：蜜娜的故事開始在她捨棄了十字架項鍊，結局在十字路口找到了人生的十字架。但是，瞬間我立刻恢復嚴肅的心情。

「我運用我掌握的資料，終於逼迫保羅・席格撤銷他對迪克的控訴。關於這件事情，我對於費雪先生感到十分抱歉。不過，薑還是老的辣。他假裝一無所知，甚至還是先跟保羅・席格通風報信，事後還把我開除。這也為什麼我成了費雪偵探社的外包商，外人並不知道我們之間的合作關係。」

「因為費雪先生充作和事佬，所以迪克立刻被釋放。」

「那後來保羅‧席格的毒品產業呢？」

「十字星企業那麼龐大，人才濟濟，總是有危機處理小組出面應付和說明。據我所知，他們對外說明，該藥品經過這幾年的改良，毒性雖然已經改善，但還不打算提出新要申請。所以，美國本土絕對沒有該藥品的存在，十字星企業願意提撥款項成立監督系統，包括鉅額檢舉獎金。至於流竄在國外的藥品，乃是離職員工偷竊公司機密，在外的不法行為，十字星企業已經提出嚴重的警告。」

「我想應該沒什麼作用吧！」

「十字星的股價一瀉千丈，不過沒多久就回穩上升。」

「費雪先生就這樣輕易讓保羅‧席格逃過法律的制裁。」

「黃敏家，我警告你，對於只知其一、不知其二的事情，不要妄下評論。」

對於蜜娜嚴厲的指責，我默默承受。

「出獄後的迪克打電話跟我道謝，然後就失聯。但是，我聽出他對保羅‧席格依然憤恨難消，所以我猜想他一定會採取報復行動。我曾經勸告他，但他不為所動。我在金島飯店跟你說的話，是我接受費雪先生所委託，調查比利‧席格失蹤事件，事後才知道。」

「比利真的是殺死迪克的兇手嗎？」

「算是吧！他只是要證明一件事情吧！」

〈泰伊斯冥想曲〉已經結束，換了另外一首我沒聽過的古典樂曲。

「當比利五歲時喪失記憶，逐漸將保羅‧席格移情成自己的父親。依據保羅‧席格的解釋，他想要給小比利一個嶄新的人生。但是，當凱西・史密斯跟長大的比利道破他原本認知的身世時，比利不得不回想以前的種種。從此，比利就墜入尋找往日記憶的漩渦，無法自拔。我想葛玲應該對你說過，比利曾經去找精神科醫師協助。」

「舊金山市立精神病院心理分析科主任李丹醫師。他在法庭上，提出許多有利於比利的供詞。」

「小比利長大成人後，許多童年的回憶慢慢地浮現。只是最重要的一點是，他始終弄不清楚他的母親到底發生了什麼事情。當我聽說迪克被比利曾經誤認為是其生父，我有一些奇怪的聯想。好，我插一下嘴。保羅・席格的性癖好曾經被暗中流傳。只是，舊金山這個城市，什麼光怪離的現象比比皆是，大家也就見怪不怪了。不過，找男人來玩弄或強姦自己的太太，倒是讓人匪夷所思。尤其是在當時那個還算保守的時代。依據迪克跟我說，其中第一個表演者就是當時還年輕的他。或許，這就是讓比利誤以為迪克是他生父的想法，小小的比利應該看到了什麼，聯想到什麼。」

我想起了紫色的貓頭鷹，說：「引起失憶的原因很多，連專業的心理學家也搞不清楚。但是，他的失憶應該和他的母親的死亡有關。至於比利是否真的恢復記憶，恐怕連他自己也不清楚。不過，和迪克的出現應該有必然的關聯。」

蜜娜要我找一個適合的地方停車，然後打開包包。我很快在路邊，找到一個停車格。她交給我一個檔案夾，裡面是厚厚的新藥臨床報告書。

我大略翻一番，問道：「這是什麼？」

「這是多年前，某個小藥廠為十字星企業研發出來的新藥。那是一種會引起幻覺的藥物，在第一期人體臨床試驗就被美國食品藥物管理局禁止，因為毒性太大了。巧合的是研發那種藥物的公司有大部分的資金由十字星企業所提供，經手的款項都由保羅・席格經手。」

「有這種事？」

「當時還引起一陣風波。」蜜娜低頭沉思一下，似乎在考慮是否要告訴我：「相關單位質疑食品藥物管理局為何輕易通過核准人體臨床試驗，以至於造成受試者的傷害，並且對於臨床前確認、相關毒性試驗的結果提出強烈質疑。聽說負責動物試驗的杜素卿博士被懷疑假造數據，但經過調查，是因為統計方式有誤所造成，後來還是不了了之。」

我知道那一定是十字星企業危機處理小組的傑作。

「當時的保羅・席格不甘心損失，可能暗中製造該類藥物，充作利潤可觀的迷幻藥。殊不知，卻發生了席格太太死亡事件。迪克告訴我，席格太太只是不小心碰傷，就大量流血，最後竟然不治身亡。這證明了那新藥，不但有迷幻的副作用，還會讓傷口血流不止。」

我忽然想起了麗河左手食指的傷口，說：「我有點不甘心，覺得事情還是沒完沒了。無法完全證實保羅・席格的犯罪是一大遺憾。但是，逮住約翰・史豐是一線契機，不是嗎？」

「你說得一點都沒錯，逮住約翰・史豐是一線契機。但是，假如逮住了，又如何？我們還是可能沒有辦法將他治罪。公家機關一切按照步驟來。既然宣布破案，我們就要結案。否則沒完沒了，你知道我手邊還有多少案子嗎？」蜜娜給我一個苦笑，說：「如果你有興趣的話，我倒是建議你繼續追蹤下去，說不定有些有趣的發現。舊金山啊！真是個無奇不有、光怪陸離的城市。」

「我很可能會繼續追蹤下去。像保羅・席格這種有錢有勢，又有強烈變態欲望的人，如果克制不了或是有機可趁，他一定會再度犯罪，而且手法更加純熟進步。」

「老實說，我們合作時間不長，但我覺得你很有潛力。」

「不敢，不過我似乎找到人生的方向。」

「恭喜你，你一定會是一個很出色的偵探。我有預感，以後我們會常常合作。」蜜娜空出手來和我握了一握，說：「費雪先生是個犯罪學專家，擅長心理分析，你可要把握機會好好學習。」

「謝謝妳的提醒，我也希望天天開心、人生精彩。不過，我忽然想到一個困擾我很久的問題，想要請教你。」

「請說。」

「有關迪克・莫登和馬克・華齊不約而同喝下有毒的威士忌，保羅・席格是怎麼辦到的？」

「我問過費雪先生同樣的問題。」蜜娜淺淺一笑，說，「費雪先生說這是一種可有可無的犯罪。」

「可有可無的犯罪？」

「Available or not crime，簡稱ＡＯＮＣ。總而言之，加害者布置了一個陷阱，至於被害者是否自投羅網、奸計得逞，就要靠運氣了。費雪先生以迪克・莫登和馬克・華齊為例，他們兩人都有毒癮，顯然也是酒精成癮者，到了保羅・席格的舊房子，看到酒自然會喝上一杯。費雪先生猜測他們兩個人應該知道那威士忌是含有迷幻藥成分。只是迪克沒有想到他會被比利輕輕劃上一刀，血流不止而亡。馬克是想要自殺，但他萬萬沒想到他上吊不成，卻死於頭部碰傷。」

我回想喝了同樣威士忌的麗河，可能是劑量不高，而且在我家不小心割破手指頭，雖然大量流血，所幸傷口輕微，而且及時止血，才沒有釀成大禍。

「所以，保羅‧席格並非想謀害他們兩個。」

「他們兩個在保羅‧席格的眼中是賤民，不會花心思去和他們鬥，更別說要取他們的性命了！那兩個人落得這樣的下場……。馬克是自殺，雖然是異曲，卻是同工。至於迪克，天生歹命，我也只能無言而嘆。」

蜜娜拍拍手，表示不想再談下去了。不過，我一時也想不到要說什麼話。

「我沒吃午餐，肚子有點餓。我請你吃晚餐，怎麼樣？」

「妳請我吃晚餐，餐後我請妳去喝一杯吧！如何？」

「好啊！」

我知道蜜娜會答應的，她心情很好。當一個人心情好，或心情壞，都會想喝一杯，或是再喝多一些。

餐後，夜色已晚。當我們經過凡妮街口時，遙遠地看到閃著綠色霓虹燈的「Sad Green」酒店。

我和蜜娜走入傷心碧酒店。點酒之前，我要求歌手為我們唱一首歌。

歌聲響起——我和蜜娜舉杯。

舊金山的女人，是怎樣的女人？
她們的心靈，她們的美色，甚至她們的情欲。
在交錯的時空，會有怎樣撲朔迷離的變化？
舊金山的女人，是怎樣的女人？
她們的快樂，她們的悲傷，甚至她們的寂寞。
在交錯的時空，會有怎樣撲朔迷離的變化？
這個男人和她們之間的故事……
是無心的邂逅，還是有意的相遇？
是命運的安排，還是統計圖上的一個亂數？
舊金山的女人，是怎樣的女人？
宛如藤蔓的糾葛，在潮濕的夜森林深處，
放肆地綻放出妖豔的花朵……

餘音嫋嫋之後，是充滿哀愁的口白：

「舊金山——這個永遠令人感到快樂和悲傷的城市，時而露出希望的微笑，時而露出絕望的愁容，你永遠都猜不透她那顆包在神祕之霧中的心。」

乾杯之後，蜜娜握住我的手，感性地說：「黃敏家，我很高興在舊金山遇見你。」我不知道如何回答，幸好那個黑人女歌手很迅速、很快樂地唱著：

如果你正要去舊金山，務必記住要在頭髮上帶些花。

此時此刻的我們自然不會去注意，大約半小時之前，一則震驚舊金山、不！震驚全美，甚至可以說是震驚全球的新聞。依據報導，無罪開釋不久的比利・席格突然舉槍射殺他的父親保羅・席格，也就是現任十字星企業的總裁之後飲彈自盡，目前警方正全力釐清案情。兇嫌之妻拒做任何說明，但兇嫌的姑姑、死者的妹妹凱西・史密斯——也就是名畫家克勞蒂・瓊絲小姐已經接受本電視台的訪問，細說這場天倫慘劇的內幕……

要推理59　PG2099

要有光
FIAT LUX

窗簾後的眼睛

作　　者　葉　桑
責任編輯　洪仕翰
圖文排版　周妤靜
封面設計　蔡瑋筠

出版策劃　要有光
發 行 人　宋政坤
法律顧問　毛國樑　律師
印製發行　秀威資訊科技股份有限公司
114台北市內湖區瑞光路76巷65號1樓
電話：+886-2-2796-3638　傳真：+886-2-2796-1377
http://www.showwe.com.tw
劃撥帳號　19563868　戶名：秀威資訊科技股份有限公司
讀者服務信箱：service@showwe.com.tw
展售門市　國家書店（松江門市）
104台北市中山區松江路209號1樓
電話：+886-2-2518-0207　傳真：+886-2-2518-0778
網路訂購　秀威網路書店：https://store.showwe.tw
國家網路書店：https://www.govbooks.com.tw
總 經 銷　聯合發行股份有限公司
231新北市新店區寶橋路235巷6弄6號4F
電話：+886-2-2917-8022　傳真：+886-2-2915-6275

出版日期　2019年1月　BOD一版
定　　價　270元

國家圖書館出版品預行編目

窗簾後的眼睛 / 葉桑著. -- 一版. -- 臺北市：
要有光, 2019.01
面；　公分. -- (要推理；59)
BOD版
ISBN 978-986-6992-03-2(平裝)

857.81　　　　　　107020634

讀者回函卡

感謝您購買本書，為提升服務品質，請填妥以下資料，將讀者回函卡直接寄回或傳真本公司，收到您的寶貴意見後，我們會收藏記錄及檢討，謝謝！

如您需要了解本公司最新出版書目、購書優惠或企劃活動，歡迎您上網查詢或下載相關資料：http:// www.showwe.com.tw

您購買的書名：________________________________

出生日期：________年________月________日

學歷：□高中（含）以下　□大專　□研究所（含）以上

職業：□製造業　□金融業　□資訊業　□軍警　□傳播業　□自由業

□服務業　□公務員　□教職　□學生　□家管　□其它_____

購書地點：□網路書店　□實體書店　□書展　□郵購　□贈閱　□其他

您從何得知本書的消息？

□網路書店　□實體書店　□網路搜尋　□電子報　□書訊　□雜誌

□傳播媒體　□親友推薦　□網站推薦　□部落格　□其他__________

您對本書的評價：（請填代號　1.非常滿意　2.滿意　3.尚可　4.再改進）

封面設計____　版面編排____　內容____　文／譯筆____　價格____

讀完書後您覺得：

□很有收穫　□有收穫　□收穫不多　□沒收穫

對我們的建議：________________________________

____

____

____

請貼
郵票

11466
台北市內湖區瑞光路 76 巷 65 號 1 樓

秀威資訊科技股份有限公司 收

BOD 數位出版事業部

（請沿線對折寄回，謝謝！）

姓　　名：________________　年齡：________　性別：□女　□男

郵遞區號：□□□□□

地　　址：________________________________

聯絡電話：(日)________________ (夜)________________

E-mail：________________________________